给生命一个开花的理由

咸高军◎著

安徽师范大学出版社
·芜湖·

图书在版编目(CIP)数据

给生命一个开花的理由 / 咸高军著 .— 芜湖：安徽师范大学出版社，2021.12
ISBN 978-7-5676-5521-8

Ⅰ.①给… Ⅱ.①咸… Ⅲ.①散文集－中国－当代 Ⅳ.①I267

中国版本图书馆CIP数据核字(2021)第252219号

给生命一个开花的理由　　咸高军◎著

责任编辑：蒋　璐　　责任校对：李慧芳
装帧设计：丁奕奕　　责任印制：桑国磊
出版发行：安徽师范大学出版社
芜湖市北京东路1号安徽师范大学赭山校区
网　　址：http://www.ahnupress.com/
发 行 部：0553-3883578　5910327　5910310(传真)
印　　刷：安徽新华印刷股份有限公司
版　　次：2021年12月第1版
印　　次：2021年12月第1次印刷
规　　格：700 mm × 1000 mm　1/16
印　　张：14.5　　插　　页：2
字　　数：200千字
书　　号：ISBN 978-7-5676-5521-8
定　　价：46.00元

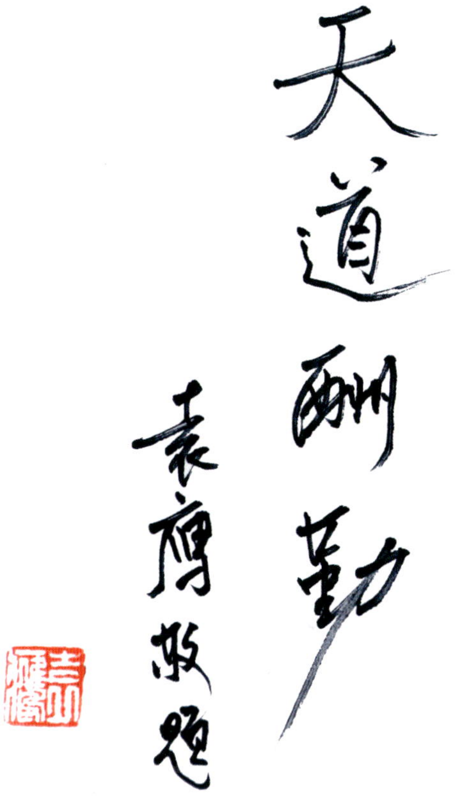

著名作家袁鹰题签

给生命一个开花的理由

杨冬权

国家档案局原局长、中央档案馆原馆长杨东权题签

笔墨芳华　闲言春秋

于兆文

与高军相识久矣，要从20世纪90年代算起，那时候，我们都是文学追梦人，屡屡邂逅于各种文友聚会、文学笔会。从意气风发、指点江山的小青年，到俯仰天地、独善其身的中年汉子，我们历经了太多的人生嬗变和岁月风雨，但一直形影相随。这种不离不弃、兄弟加挚友的交情，我俩都很珍惜。

高军从事教育近三十年，关于教育领域的作品，可谓著作等身，其中也不乏诗词歌赋、散文、小说类的文学作品。2020年之后，高军手捧一本书稿，名字很诗意，叫给生命一个开花的理由，这是一本散文集，他要请我为之作序，我顿感惶恐。我既非大家，也非名人，岂能担此重任？婉辞再三，可高军态度坚决，说没有比我更合适的人了，因为四个字：知根知底。就冲这四个字，我只好勉为其难一回了。

冈察洛夫说过，观察与经验和谐地应用到生活上就是智慧。在我看来，这种智慧如果应用到文字中，就会显出特有的风姿。统观高军的文字，涉及的范围非常广阔，有名人，有凡人；有亲情，有友情；有教育，有美食；有景物，有心情……所以，我说，他是一个有心之人，是个热爱生活的人，他有一双善于观察生活的眼睛。他目光所及之处都有着他的爱，这份爱深深地植根于这片生于斯长于斯的土地里。

他与作家袁鹰、银行家谈丹崖、金融奇才周作民这些大家对话，字里行间流溢着睿智与善性的光辉；《古今怀想淮安情》《品下关》《印象淮安路》《最忆美味是豆腐》《舌尖上销魂的猪头肉》《下关全牛宴》《全鳝席》，他的笔下，家乡的人文风情让你一次次流连忘返，独具特色的风味美食，让你垂涎欲滴。

在众多的篇什里，最让我感同身受的就是他关于亲情友情的描摹。同为寒门子弟，我深知，这份感情的真纯、炽热。他和许多人一样，从田埂上走向城市，脚板上沾着泥土的芳香，灵魂的皈依里总有一段梦属于农人，或家人，或儿时的玩伴，文学的灵感发轫于生他养他的那片土地。纯朴善良、心灵手巧的母亲，沉默寡言、脊背如山的父亲，从他懵懂顽皮的童年记忆里走来，从“茶缸饭”“炒面”“手擀面”“瓜子香”“针线笸箩”“煤油灯”这些熟稔的农家日子里走来。在高军的心里，最为深切的情感莫过于母爱与父爱，这是从泥土里走出的游子无处不在、挥之不去的心迹，这份恩高于天的亲情，滋养着他的心灵与文字。所以，他的文字给我的感觉，始终没有褪去农人的朴真，几乎无所雕琢的文字背后，他以司空见惯的生活体验，用最诚恳、最真实的方式传承着文学的力量。

散文的写作，难能可贵的就是注意观察生活、体悟生活、记录生活，用质朴无华的文字真切地显现生活中如水之爱，静静地观察着人间万象，把庸常生活载入文字中，让人听得岁月的震响。

就如他在《别了，少先队》中写道：“离开后，寻一份安然，不羡风花雪月，用笔尖，去描绘曾经遗憾的青春，贴近自己的本心，那些未曾了却的心愿、意境，虽然会让我们的眼角湿润，但是，回首抚摸过往斑驳的痕迹，那滴泪，落于掌心，也能开出一朵温暖的曾经！”

就如他在《今夜，你璀璨了我的流年》中写道：“走近你，我寻找到了诗和远方，我愿为你研一盏深情的墨香，陪你走进诗情画意！陪你描绘人生风光！诗中，你永远是那最美的风景，而我，永远是那诗中的韵律，点缀你美丽的诗行！”

就如他在《站在窗口的岳母》中写道：“有岳母站在窗口，我们归来时，内心暖暖的；远去时，脚步踏实。我知道，人生路上，有位银发老人在看我。目光中充满鼓励与温情。感受到这目光，我做事就会三思而行，就会想到肩头的责任，就会一定将事情干好。因为不管我在哪，都会觉得岳母在看我呢。”

就如他在《弱水河畔有片胡杨林》中写道：“算得了什么，命运注定的一切也是可以抵抗的，凭着最强大的忍耐力、最顽强的生命力，就可以成就千年不死、千年不倒、千年不朽的事业。”

就如他在《给生命一个开花的理由》中写道：“生命是伟大的，无论是自然界，还是我们人类，只要有生命存在的地方，就有希望在燃烧。能在这个世界上生存本身就值得庆幸，不管处在什么样的环境，不管面对多么大的困难，都不要忘了，给生命一个开花的理由。”

…………

他是一个有理想、有情怀、有希冀、有梦想的人，在他的生活里，不乏志同道合者聚而论道、侃侃而谈，他的言谈举止中，那份对生活不懈的追求，对他人如水的宽容，常常感染着周遭的人。他给自己的微信公众号起名“闲言春秋”，我想这份闲言，在春秋岁月里蕴藏着他那颗跃动不止、厚重无比的热心与诚心。也许岁月的风雨，让他的心迹慢慢改变，他也开始践行一种另样的生存方式，他也慢慢学会了“宠辱不惊，看庭前花开花落；去留无意，望天上云卷云舒”。春秋年轮的更替，让他的心智变得日益成熟，这种成熟表现在他的散文创作里，最直接的表现就是语言变得极为质朴。这本书里的文字，有诙谐幽默的，有清纯无华的，有厚实深沉的，有微言大义的，但语言的质朴无华是最为显著的特点。我们知道，文章需要斧凿，但雕而无痕，极为不易；文章太过平淡，这是大忌，倘若淡到极处便是功力。

质朴的语言，往往最易与人沟通，潜藏背后的深意，最能让人咀嚼。方孝孺在《与舒君书》中说道："文者，辞达而已矣。然辞岂易达哉！"高军的文章，除了"辞达"而外，我发现他在做着一种努力，抑或是一种唤醒，他想通过手中的笔，唤醒人间大爱，彰显美德道义，因而又让他的文字肩负起一种引领浩气的功能。这种正能量，在本书中俯拾皆是，我就不一一赘述了。

我和高军这么多年还痴迷于文学创作，也许在滚滚商潮中，我们有点不合时宜，但我们一直坚守着这份初心。"文学就像炉中的火一样，我们从人家借得火来，把自己点燃，而后传给别人，以至为大家所共同拥有。"这是法国大作家福楼拜说过的，也是我俩都喜欢的一句话。我们砥砺扶助，携手同行，他甘做文学义工，为二百余名作协会员服务，他乐此不疲，就像一团火焰一样，照亮着淮安文学的天空。看在眼里，记在心里，这也是促使我为他的书写一段文字的动力。

作为序言也好，作为评论也罢，也要有所针对地指出不足。平心而论，书里个别篇章需要继续打磨。我真心地希望他在探索与坚守之余，进一步开阔视野，在散文精致的描摹中，在对土地和人性深情地凝眸中，创作出更多集瑰丽和厚重于一体的精品佳作。

是为序。

（作者为中国作家协会会员、淮安市淮安区作家协会主席）

“敢问路在何方”

孔凡成

高军在他的散文集《给生命一个开花的理由》即将付梓之际，嘱我写几句。

高军是我的学生，我们的交往已有三十余年。往日我们是亦师亦友，而今已经是多年师友成兄弟。

高军和我一样，都是农家子弟，都有过一段比较艰辛的日子。也许是穷且益坚，高军自进入江苏省淮安师范学校，就昂扬着一股积极进取的努力态势。在学好功课之余，努力探寻自己的发展方向。记得高军当年是校学生会文娱部长，也许是为了激起大家参与的热情，他居然还参加了校园十佳歌手评选，唱的是电视剧《西游记》的主题曲《敢问路在何方》。可惜没有获奖。不过，“敢问路在何方”倒是彰显着高军的精神气概。高军并没有因音乐之路不通而气馁，而是继续蹚路。有一天，他告诉我，想学写新闻，我说可以试试，因为我有个初中文化的弟弟，靠写新闻报道，竟也闯出了一条道路。而且，据我所知，很多单位做了不少颇有新意的事情，却苦于没有会写新闻报道的人才而并不为人知晓。如果会写新闻的话，就是一位多面手，更受用人单位欢迎。他来了兴致，找了一些学写新闻的理论知识，仔细揣摩报纸上的新闻报道，很快就上了道。不上两年时间，就脱颖而出，发表了二十几篇新闻稿，并在校橱窗办了个人作品展，受到了用人单位的赏识。

走上工作岗位，高军作为一名教师，首先是做好本职工作，在教学上精益求精，力争做个优秀教师。高军在教学中肯钻研，敢探索。我举一例，汉语母语教学需要运用语境教学，可惜，在现实中很少有人能做到。但高军能理解语境教学，不仅理解，而且还在实践中尝试了，效果似乎还不错。他在参加中国教育学会小学教育专业委员会组织的优质课大赛中，就荣获了一等奖，其实录发表在《小学教学研究》上。我还因该课能精彩地运用语境教学法，很兴奋地写了篇评析文章。

教学工作之余，高军不仅写新闻，报道校园新事，还写了大量的教学论文以及通讯作品，出版了诸多与教学有关的书籍，如《杏坛放歌》《教海扬帆》《我们的课堂在长征路上》《我的生活语文》等等，足见其勤奋、坚韧、水平高。

更令人惊喜的是，高军在走上学校领导岗位后，还坚持从事文学创作，成了一名作家，写出了许多脍炙人口的诗歌和散文，摆在我面前的就是他的散文集《给生命一个开花的理由》。

《给生命一个开花的理由》写的大都是凡人小事，所写的大都是高军家乡淮安发生的故事。写的是身边的普通人，普通人所做的平常事。就是这些普通人，在不显山不露水的日常小事中，彰显出人性的光辉，体现着真善美的内在风华。

散文的生命在真。高军的散文，不仅是人真，事真，情亦真。读着高军的散文，我仿佛又回到了淮安那个古城，坐在老杨的小饭馆里，走过那燕子的淘宝小屋，流连于布满沧桑的镇淮楼，走在那校园边的土城墙上，感慨着文渠的变迁，想起乡村老父亲的苍颜。

散文的价值在善。高军的散文充满阳光，用时髦的话，就是满满的正能量。不过，高军散文中流淌的正能量，绝无矫揉造作、弄虚作假、胡编乱造之嫌，而是小人物生活的自然流露，是小人物生命活力的真情再现，张扬的是“苔花如米小，也学牡丹开”式的自我生命价值的绽放，因而显得真诚实在。

散文的魅力在美。高军散文的美，不只是内容醇正之美，而更多的是艺术表现的美。其散文如行云流水，“常行于所当行，常止于不可不止”，洒脱自如，气韵生动。善用白描，常常是三两笔便勾勒出人物的境界。高军还特别讲究用词和锤炼标点，在选词和标点的转换中创造一种诗的精神，传递着汉语绵长的滋味，显现着作者的功力和人格魅力。

以上是我对高军其人和初读高军散文的初步印象。高军散文的真正魅力，尚需您在阅读中慢慢咀嚼，仔细品味。深信您在阅读中会感受到作者那种执着，那种永不停歇的追求和向往……

是为序。

（作者为淮阴师范学院教授、淮阴师范学院中国语境教学研究与推广中心主任）

目　录

阅读生命

给生命一个开花的理由

离开昌吉的清晨，难得碰到个淅淅沥沥不停地下着雨的天。在这干旱少雨的新疆，雨水让街道两旁的植物越发显得葱茏。这几天，一直行驶在荒凉贫瘠的戈壁滩，见到了蓝天，见到了白雪，也见到了沙尘暴，但见到最多的是骆驼刺。那骆驼刺一窝一窝的，在狰狞的沙石间生长着，在戈壁或南或北或东或西的狂风下，一丛丛，一簇簇，露着顽强，陪着我们在一望无际的荒漠里向远方延伸。

没有来过戈壁的人恐怕想象不到生命对于一片荒芜的大地是多么珍贵，我们从奎屯出发，车子在一望无际的戈壁滩穿行，一道蜿蜒的公路把荒漠分成两半，一侧是天山的连绵不绝，一侧是布满或大或小碎石的荒漠，天山上终年不化的积雪冷冷地注视着荒凉的大漠。干旱，多冷，少雨，缺水，戈壁滩上只有一些极为耐寒的骆驼刺等植物可以勉强生长，它们的叶子都褪变成一枚枚尖刺，既能吸收阳光雨露，又能减少水分的蒸发。是啊，只要是有生命的物体，不管是动物还是植物，只能以这样的方式选择生存。

车到果子沟，越来越多的绿色覆盖住黄黄的砂砾，水灵灵的生命焕发出勃勃生机。2018年初，在酒泉参观“淮安号”恩来星发射时，经过弱水河几十公里的荒漠我几乎都是闭着眼睛在车里打盹，那种荒凉的感觉在心里一直空荡荡的，没有兴趣观看。而眼前这郁郁葱葱的绿树、野草，虽没有公园绿地上那么齐整稠密，可毕竟有一种生命的颜色，着实紧紧地吸引住我们的眼球。

“快看，那边有花。”同行的周大声地叫着。我侧过身，看到一丛丛紫色的薰衣草在车窗外一闪而过。看着我们兴奋的表情，驾车的宋把车慢慢停靠在路边，说：“你们可以下去转转。”

循着花香，我们迫不及待地跳下车，走进戈壁滩，难得看见这么一大片薰衣草。薰衣草已经长出了好几寸高，绿色的叶片托着中间抽出的或紫或粉红的薰衣花蕊，煞是迷人。再看远处，长得是薄荷，淡淡的薄荷清香沁人心脾；那边，还有一丛丛野菊，白色的花瓣一朵挨着一朵，开得热热闹闹，俏丽而不张扬。我见惯了城里花坛里大红大紫的花朵，而却不常欣赏这些不起眼的野花，今日见了，总有一种超凡脱俗的感觉。于是，小心翼翼地将鼻子凑过去轻轻地嗅，让一丝甜甜淡淡的馨香直透心底。

“瞧，这是什么？长得好难看！”宋指着脚下形似球状，零零散散撒落在沙砾上的一株草问。

“骆驼刺。你看它没有簇聚，单株单个，据地自生。”

“这明明是草，哪里是刺嘛！”宋对我说。

“是啊，它只是一棵草，骆驼刺叶下都长有硬刺。骆驼刺的刺是一种自身保护，但却难不倒骆驼，骆驼吃骆驼刺，是从下部向上部捋刺倒伏，伤不了骆驼的嘴。骆驼是骆驼刺的‘丧门星’，所以叫作骆驼刺也是实至名归的。”我随手拨弄着，不经意地说。

“哦，原来如此。”

“骆驼刺，短而又细的枝，针状的叶，无媚无娇，仅仅只是一个绿色的生命体。”这是陈忠实说的，我告诉宋。

我蹲下身子，细细地瞧瞧骆驼刺，倏地，看到骆驼刺开着一种细小到几乎看不出的花，和孕育它的沙地一样的颜色，这应该是花中最不起眼的色彩了。我想不到这么恶劣的环境下，骆驼刺竟然也开花？看来不管多么卑微的小草，都有开花的欲望。这荒漠上的骆驼刺，就是这样！

我们人类又何尝不是这样，我们无法选择自己的出生环境，父母家庭，有人生来好命，出生在富贵之家，衣食无忧，前途一帆风顺，就像那开在花坛里的花朵，娇艳动人。可也有人生在偏远的小村，面朝黄土背朝天，生下来要饱受风吹雨打，历经艰难困苦，为了在这个社会上生存而受尽苦难。当然，还有一种人，本来可以生长在花坛里，鲜艳夺目，可却自愿到野外边疆生活，他们宁愿自个儿苦，去换得万人甜。谁的生命不珍贵，谁的心里没有梦，也许荒漠上这一株株卑微的骆驼刺就是这种人，用开着细小到几乎看不出的花来用尽全力灿烂着自己的生命，来幸福着别人的春天。

生命是伟大的，无论是自然界，还是我们人类，只要有生命存在的地方，就有希望在燃烧。能在这个世界上生存本身就值得庆幸，不管处在什么样的环境，不管面对多么大的困难，都不要忘了，给生命一个开花的理由。

弱水河畔有片胡杨林

正是“三九”严寒的季节，我有幸来到了辽阔的中国西部，来到了酒泉卫星发射中心，观看“淮安号”恩来星的发射。

来之前，我的脑海里就无数次想象着祁连山的冰雪山脉和嘉峪关的雄伟壮观。当高铁载着我穿梭过这片古老而神奇的土地，望着窗外，我被一种博大而深远的气氛包围着。戈壁的荒凉，包含着西部永恒的豪迈与粗犷，把我带进了原始而陌生的自然怀抱。坚硬而粗糙的土地，没有留下任何岁月变迁的痕迹，参错峥嵘的石岩地貌，依然保持着它亿万年前的样子。只有弱水河畔的胡杨凋残的落叶，提醒着时空季节的轮回。

说起弱水河，这是一条源于祁连山南麓，缓缓向西流淌，而后又向北，流向巴丹吉林沙漠的河流。《山海经》中曾有记载：“水弱不能载舟，鸿毛不浮。”而最著名的是“弱水三千，只取一瓢饮”的句子。《西游记》第二十二回“八戒大战流沙河　木叉奉法收悟净”中有诗描述流沙河的险要：“八百流沙界，三千弱水深。鹅毛飘不起，芦花定底沉。”这是第一次正式的“弱水三千”的说法。鲁迅先生在他的《集外集拾遗补编·中国地质略论》中说道：“虽弱水四绕，孤立独成，犹将如何如何……”《红楼梦》第二十五回“魇魔法姊弟逢五鬼　通灵玉蒙蔽遇双真”中也有提道：“一足高来一足低，浑身带水又拖泥。相逢若问家何处，却在蓬莱弱水西。”这里也是指遥远的意思。再到后来弱水引申为爱河情海。这便是我们现在口中的“弱水三千”的意思。第一次正式地提出是在《红楼梦》第九十一回“纵淫心宝蟾工设计 布疑阵宝玉妄谈禅”中黛玉道：“宝姐姐和你好你怎么样？宝姐姐不和你好你怎么样？宝姐姐前儿和你好，如今不和你好你怎么样？今儿和你好，后来不和你好你怎么样？你和他好他偏不和你好你怎么样？你不和他好他偏要和你好你怎么样？”宝玉呆了半晌，忽然大笑道：“任凭弱水三千，我只取一瓢饮。”黛玉道：“瓢之漂水奈何？”宝玉道：“非瓢漂水，水自流，瓢自漂耳！”……

其实，我来到弱水河畔并不关心这些。其时，正是千里冰封的季节，我或站或趴在这段古称“弱水流沙”的冰河之上，凛冽的寒风没有阻挡我的视线，没能阻挡我观察河畔为这片荒凉的土地带来一点点生机的胡杨林！

古老的胡杨诞生于6000多万年前的古地中海沿岸，是杨柳科中唯一能扎根戈壁沙漠的树种，有着“生千年不死、死千年不倒、倒千年不朽”的美誉。航天城这里的胡杨林是国家重点保护天然林，是地球上仅存的三片胡杨林之一。我望着这虬曲苍劲的胡杨树，有的似骆驼负重，有的如龙蛇蜷地，有的似狮虎雄踞，有的如骏马嘶鸣，有的虽然肢断骨折，匍匐在地……却依然挣扎着，试图挺起不屈的脊梁。我在想，这就是胡杨的美丽？这就是胡杨的壮歌？同行的航天专家告诉我，这只是严冬的景色。秋天时，胡杨林树叶尽染，会给你一种出乎意料的视觉享受。每当秋风吹过，大片的胡杨林如潮如汐，斑斑斓斓漫及天涯，弱水河畔一片金色海洋，富丽堂皇美不胜收。可是，此刻，一棵棵胡杨苍劲淋漓，化石般地耸立着。僵硬的枝干伸向苍穹，这强烈对比，深深地震撼着我及我们每一位参观者。

都说胡杨千年不死、千年不倒、千年不朽，面对这荒原漫漫，朔风浩浩，戈壁瀚海满目萧瑟，这英雄的树，是在用这样一种不愿屈服的顽强方式生存、延续、繁衍么？这一片一片饱经风霜、斜插横卧的胡杨林啊，凄凉中含有悲壮，孤寂中注满宏阔。

算得了什么，命运注定的一切也是可以抵抗的，凭着最强大的忍耐力、最顽强的生命力，就可以成就千年不死、千年不倒、千年不朽的事业。

这也许就是弱水河畔苍劲美丽的胡杨以这样的方式警示着我，警示着你，警示着我们大家吧。

赏得残荷志坚强

“大风 + 降温 + 降雨”，这个周末，冷空气带着它的三合一套餐来了！仅仅一日不见，秋裤穿上，冬袄穿起来了！许多人还戴上了帽子，围上了围巾，就这样，还直呼冷！

我不冷。寒风一到，我便去赏荷！不过，我赏的不是亭亭而开的荷花，而是即将枯萎的残荷。荷花盛开的季节，花和叶都很温柔。荷叶层层叠叠，仿佛要铺向天际。一枝一枝的荷，灿然绽放，优雅清秀。那时的荷恰如人的青年，光鲜着呢！赏的人当然多。而我赏的残荷已是人生暮年，斑驳的光影里，孑然而立，颇为孤独，赏的人少。只是偶有一俩人驻足。赏残荷，一如残荷赏我。那一刻，正如叙利亚诗人阿多尼斯的感叹，“我的孤独是一座花园”。

对我来说，赏残荷是这两年才有的习惯。家乡淮安是水乡，湖边、河边、池塘边，不经意的地方处处有残荷。但若不是刻意来赏残荷，人们往往会忽略不见。只有怀着情愫，专门来寻觅它的人，在冬日里，在寒意初起时，才能赏到残荷的另外一番景象。

我赏残荷的地点相对比较固定，一个是扶贫的水乡流均，一个是桃花垠的周恩来纪念馆。

流均是一个漂浮在水上的乡镇。来到流均，满目皆荷。不禁想到了南唐中主李璟的诗：“菡萏香销翠叶残，西风愁起绿波间。”两年前，当我在荷田边，见到我的帮扶对象——聋哑的老阮时，望着他饱经沧桑的脸，再看看凋残的荷叶，内心隐隐酸楚。而老阮却阳光得很，他使劲地握住我的手，然后，只见他用那布满老茧的手指上下比画，接着，拍拍胸脯，又朝我竖起大拇指。我正茫然。一边的村干部告诉我，他在欢迎我，说有我的帮助，准备利用荷田做藕的文章，他相信，日子一定会慢慢好起来。这不，此后他承包了好几亩荷田，产藕、卖藕、加工藕……收入一天好过一天。想到这些，眼前又倏地浮出残荷的画面：疏影横斜，一支残荷自然地直立在水田中央。老阮，虽然年过半百，身有残疾，但他的乐观，不经意形成了一种残荷的美。

到桃花垠赏荷，是一年四季的事。家住桃花垠畔，赏桃花垠内的荷，是极为自然的。从“小荷才露尖尖角，早有蜻蜓立上头”到“菱叶萦波荷飐风，荷花深处小船通”，从“荷叶罗裙一色裁，芙蓉向脸两边开”到“接天莲叶无穷碧，映日荷花别样红”，从“坐看飞霜满，凋此红芳年”到“秋阴不散霜飞晚，留得枯荷听雨声”。桃花垠的荷，我是时时在看。看荷，如同看伟人周恩来。“出淤泥而不染，濯清涟而不妖。”周恩来用一生的光明磊落和无私奉献演绎了远祖周敦颐的千古名篇《爱莲说》中以莲喻“廉”的为官之德与为人之品。2018年，在发射“淮安号”恩来星时，我曾精心选取了周恩来各个时期的照片共120张，上传到卫星上。那时，我看到生活在故乡淮安时的周恩来，工作在黄埔军校时英姿勃发的周恩来，长征时大胡子的周恩来……特别是病中还在筹划“四个现代化”的周恩来。那时，我想到了荷！周恩来的一生与荷何其相似。青年芳华，与荷一样绽放风采。而病中的周恩来极像残荷，虽然凄清冷落，却又好似有一种生命的力量还在固执地坚持着最后的顽强。

这或许是我独爱赏残荷的原因。你想，暮秋，也许是初冬，清雅脱俗的荷花已经不见了踪影，大片的荷叶和衰败的荷茎，依旧固执的在水面上坚守着，荷叶已经退去了翠绿的色彩，有些微微的卷曲着泛黄的叶边，有些已经变得干枯垂落。表面上是“留得枯荷听雨声”，其实，在这秋冬季节，看着这一角荷塘，抑或是一片荷田，你好好沉思，是不是有了一份冷峻深邃？那残荷貌似萧条的背后，是否有一缕若有若无的暗香在浮动？透过那寥落的一角残荷、一片残荷，你是否看见了一种生命的悲壮与凄美？

四季流转，人生如寄。一年一次，一期一会，人世中的相遇都很珍贵，人生中还能有多少个一期一会呢！冬日，希望你能记得去看残荷。若此，这荷，或许可以让我们身在浮世，心向坚强。

信念：朝圣路上的拐杖

世界上，有好多事需要你静下心来琢磨！比如，你问一个小朋友的梦想，也许，明明自己穿衣服还笨笨拙拙，而回答你时，却有股“山高人为峰”舍我其谁的气势。而你问一个大朋友的梦想，他回答你时，往往让你无语得很：不知道呀……不是，没有吧，可我没有信心，也没啥行动，反正我也实现不了吧。成人的世界就是这样。也许是生活的无忧，也许是忘却了目标，也许是纷繁的世界迷离了眼睛……

犹记得海伦·凯勒这句非常形象而生动的话：“当一个人感觉到有高飞的冲动时，他将再也不会满足于在地上爬。”“高飞的冲动”就是一种理想，一种信念。近读资深的剧作家蕾秋·乔伊斯《一个人的朝圣》，我霎时明白：信念就是一根结实的拐杖，即使一个人长征，也会走出辉煌！

《一个人的朝圣》的主人公叫哈罗德·弗莱，是一个在酿酒厂工作了四十年，没有朋友，也没有敌人的退休销售代表。妻子与他分居多年，夫妻疏离，隔阂很深。曾经有过一个儿子，与之相处也不融洽，且早已过世。看到这样一个孤独无助的老人，我首先想到的就是风雨飘摇中晚秋的残叶，摇摇欲坠！一个极平凡极普通的老人，没有亲情温热的滋润，没有友情善解的支持，只能独自枯萎，独自凋零，不得不让人心酸！然而，在他六十五岁的一天早晨，岁月的余晖快落尽山谷时，他收到了一封来自老友、曾因替他背了黑锅而辞职的前同事奎妮的信，他们已有二十年没见面了。奎妮患了癌症，写信向他告别。在他悲痛震惊之余，灵魂深处的某根弦也被触动了。他写了回信，经过了一个又一个邮筒，由奎妮回想起自己的一生。他突然心生徒步过去跟老友告别的信念，他坚信：只要他走，奎妮就会活下去。最后，他没有给自己回头的机会，他从英国最西南一路走到了最东北，横跨整个英格兰。历时87天，627英里！

627英里，这是怎样的概念呢？是一千多公里，我暗自算了一下，从淮安到北京是八百多公里。这位平日里生活毫无热情，人生没有起伏，出门甚至连一分钱也没有带的六十五岁老人，硬是凭着一份信念，一份别人看来啼笑皆非、天马行空的信念，走完这一趟一千多公里的旅程。

我想，没有那封奎妮的来信，哈罗德不会在他平淡而无聊的人生中跨出这一步；没有对自己信念的执着，哈罗德是想也不会想到自己有一天也能做出如此壮举；没有前方的希冀，哈罗德在千里跋涉的途中也有可能随时前功尽弃。一个被宣告时日无多的绝症病人，整整87天中，活下去的概率又有多大呢？哈罗德的坚持看起来似乎很可笑，可又怎样呢？正是哈罗德跨出这一步，让我们热泪盈眶。

人是行走的向日葵，盛开是对理想的仰望。

一生虽短，但我们不能碌碌无为。我们要用力生活，不是生下来活下去，而是生如夏花绚烂，向阳而生。生活所逼，形势所迫，也许我们已经忘记儿时的梦想，可是我们去想、去争、去闯的能力从来没有被剥夺，行使权从来就在我们自己的手中。

拾起梦想，需要跳出我们的舒适圈，哈罗德本来的生活不好吗？没有不好，可是那是一眼就能看到尽头的人生。宽阔平坦的道路人人愿意选择，相对的，道路两边的风景也是一眼就收尽眼底；蜿蜒盘旋的山路少有人走，可是，每一次山路弯折的尽头就可以收获一番新的景象。你不去爬这座山，“无限风光在险峰”你是永远看不到的。

有一部关于信仰的黑马电影——《冈仁波齐》，时正马年，正好是神山冈仁波齐百年一遇的本命年，小村里很多人都希望加入村民尼玛扎堆的朝圣队伍。这支队伍里有即将临盆的孕妇、家徒四壁的屠夫、自幼残疾的少年……每个人都有着不同的故事，都怀揣着各自的信仰。为了去冈仁波齐，这支十一人的队伍踏上了历时一年，长达2500多公里的朝圣之路。朝圣的过程是艰难的，是纯洁的，但也是陶醉的。在电影《冈仁波齐》中，走一年崎岖的山路，磕十万个虔诚的长头。饿了，就坐下吃饭，摆一个玛尼堆；拖拉机坏了，就卸掉车头，男人们一起扛着走。在休息时，把磕破的棉袄重新加针缝好。“磕长头”是等身长头，五体投地匍匐，双手向前直伸。每伏身一次，以手划地为号，起身后前行到记号处再匍匐，如此周而复始。遇河流，须涉水、渡船，则先于岸边磕足河宽的长头，再行过河。晚间休息后，需从昨日磕止之处启程。虔诚之至，千里不遥，坚石为穿，令人感叹。这份对信仰的虔诚与坚持，令很多人心生敬畏，同时也令很多人肃然起敬。信仰也是信念，并不遥远，遥远的是你的勇气。鼓起勇气，驾驭自己，冈仁波齐的神圣信仰之路，在心里，在前方，就在你前行的每一段路程中。

我曾经去青海湖骑行转湖，环青海湖，全长360公里，四天就可以骑完。第一天骑行，因为我本来就不是专业骑手，再加上青海海拔较高，除去清晨出发时一开始的新鲜感和兴奋期，不多久，我就已经分分钟想要扔掉山地车。自驾游的汽车从旁边呼啸而过，他们的舒适更加成为我后悔要骑行环湖的导火索。不是有句话么：自己选的路，跪着也要走完。彼时除了硬着头皮骑下去，也没有更好的办法。可是当我以艰难的、仿佛每蹬一脚都要耗尽最后一口气的姿态骑上一个长长的上坡，终于到达坡顶，看到落山之前温柔却又不失气势的太阳光斜射在宁静广阔的青海湖上，慢慢折射进我的眼中时，我惊呆了。一眼万年！那绚丽，是坐在汽车里永远看不到、永远感受不到的，千百倍的美醉了青海湖，更醉了我！

想到中途的我，想到也曾有过放弃的念头，想到骑行过程中“极点”的痛苦……我不知是夕阳照到了我的脸上，还是高原反应，羞愧飞红了双颊。但是，因为信念，我坚持住了！迎来“第二次呼吸”，赏到了最美的风景。

人生路漫漫，远方一定有无数的“青海湖”会成为我生命中的“极点”。信念，坚定的信念，一定会燃烧起我的斗志，转化为我的动力，让我进行“第二次呼吸”！卡耐基说：岁月使你皮肤起皱，但是失去了热忱，就损伤了灵魂。怎知那浮生一片草，岁月催人老，年华老去是无法改变的事实。然而灵魂、意志、信仰却可以不朽。

人生有拐，希望就在远方！

不愿成熟

一

常忆起小时候在乡间吃桑葚，吃多了，经验丰富：青黄色的，手捏着硬硬的，是生的；咬一口，淌下鲜红的汁水，外黑内红，软乎乎的，是熟透了的，但吃在嘴里分明甜得作腻；最喜欢吃的倒是将熟未熟的，刚去了苦涩，却又酸又甜，至今回味无穷。

二

踏上教育工作岗位二十多年，依然对教育生活充满了热情，荡漾着激情。

“不过，还显得不够成熟。”这是有“阅历”的同事的评价。

多留心“成熟”的同事，三年媳妇熬成婆。原来如此：少年老成，老气横秋，善于揣摩领导的心思而投其所好，八面玲珑地接待上下“人物”，左右逢源。由此，我想起乡间的桑葚，熟得黑里透红，岂能开人胃口啊！可转而发笑：生活中大众岂能同一胃口，或许更多的人喜欢“黑里透红”，宁可甜得作腻，不愿有酸吧！

三

也曾修炼过一些日子：一副老成持重的模样，想有一片叫人一看就为之悦目的谄媚的“黑里透红”，有叫人悦耳的巧舌的甜腻，可终究未成正果，依然不谙世故，天真得可笑，因此招来摇头、惋惜的指责和妒意的贬抑，也因此结识了一些喜欢和我交往的朋友。尽管活得极不认真，却很是真实。

“你叫人烦，讨人喜。一粒未成熟的桑葚。”一位对我有恩的老师说。

“是吗？你也喜欢！”

四

又是一年，有幸回乡度假，看到乡里乡亲培植的万亩桑林已绿意盎然，不禁想起桑葚，想起自己，心里有几分充实的甜，有几分遗憾的酸。酸酸甜甜构成了我。

不愿成熟，尽管是“成熟”的年纪，尽管心中有着几分“酸”，但我极愿品尝。岁月会老，生命常青，愿初心永恒！

祭 牙

悄无声息地掉了。

就在今晚，妻端来几瓣青萝卜，品尝前，我下意识地用舌尖碰碰它，它就乖巧地顺着舌尖掉了下来。像恋人一样拥抱了一下舌，然后就决然地离开了牙龈。掉下来的那一刻，没有血，也没有一丝疼痛。这是我实在没有想到的。

自牙知道口腔医院里的那个洗牙的小姐姐后，这颗最里面的上板牙与牙龈就貌合神离了，像极了某些离婚前的夫妻。虽生活在一个屋檐下，却早已是同床异梦了。起初，上板牙松动，刷牙时，总是出点血。牙刷碰到时，会疼。我妄想吃点甲硝唑或者吃些什么消炎药，努力地想把这颗牙保下来。我虽半百，但还是希望它能与我相伴一生。可是一个阶段后，毫无好的迹象。倒是像战争年代的国民党反动派，在牙龈处时不时搞点摩擦。你吃东西时，它扭一下腰肢。它臭美了，你上牙下牙咀嚼时不对称，一折，霎时，疼得你龇牙咧嘴。偶饮小酒，也许是酒渗进了牙神经，那个痛无法形容。从牙根部到耳根，再到半边脸，钻心的疼。

妻、女儿看到我每每疼得皱着眉，苦着脸，下通缉令似的叫我去牙科拔下它，但我还是下不了决心。我希望奇迹会发生，说不定哪天清晨丹霞满天时，也许是傍晚夕照大地时，我的牙稳稳的好了呢。即使不好，我也希望我的牙最好是瓜熟蒂落。我不希望这颗松动的牙过早地下岗，过早地离我而去。我尚未老，你着什么急呢。于是，我找来了许多偏方，一有疼痛，便派上用场。张三说，疼的时候，满满地吸一嘴烟有用，从不吸烟的我就吸一嘴烟，鼓着嘴巴像个吹鼓手。疼没止住，烟呛得人像得了痨病。李四说，疼的时候，拿点花椒籽放在牙齿中间咬着。痛没止住，一口口麻麻的口水汹涌而出，痛不欲生。那一刻，我才真正领略到牙疼不是病，疼起来要人命的感觉。

即使到了这个份上，我依然坚持不去拔牙。态度决绝地如淞沪会战时固守在四行仓库的“八百壮士”。我不拔牙，当然不是我小气，舍不得花拔牙的钱。我是觉得我的牙我做主。任何时候，我们都不能随便舍弃自己拥有过的曾经有恩于自己的东西。这些年，岁数增长，头发少了，眉毛稀了，眼睛不亮了……我们身上还有多少不可分离的东西没有分离？

何况，想到拔牙，我就想到牙医一定会不顾我的痛苦，拿着钳子毫不犹豫地拔下来。打过麻药，拔牙不疼，但血一定会有。拔牙后，牙医一定会建议我装假牙、植假牙。想到牙是假的，心就冷了。一辈子真人不做假事。现在嘴里竟然要装上假牙，岂不笑掉大牙？近朱者赤，近墨者黑。装上假牙的嘴今后会不会受到影响，说假话呢？我不敢保证。于是，铁了心，不拔。

不拔。我只能等它自然掉下来。等待的过程，好像孕妇等待分娩。我每天都要用舌尖舔几下这颗牙。牙时疼，时不疼。舔舐的时候，它会晃动，偶尔晃动厉害了，疼得要命。我不知道牙齿和牙龈之间还连接多少肉，也不知道牙神经有没有断裂。只是通过舌尖的舔舐，给予这颗牙最后的温存。

可是，我没有想到，今晚，它竟然在我没有任何准备的情况下掉了下来。我张开嘴，用手从嘴里轻轻地将它取出来，放在另一只手的手心里。望着这颗丑陋的牙，我想到了父母，想到了许多儿时的伙伴，他们都曾经像这颗牙一样陪伴我好多年。如今，他们在故乡还好吗？

窗外月正明。明亮的月光洁白的如童年的牙齿。我走进室内，拿了一张纸，将这颗牙包好，决定收好它，为自己留一丝故乡的白。

断　链

冥冥之中似乎有感应。

大江从早晨起来，就觉得哪儿不对劲。但说又说不出来。上午，在上班，一切正常。下午，在上班，依旧正常。

一切正常。一天正常。

大江在寻思中下了班，虽然正常，大江依旧觉得不对劲。在单位门口，正欲骑上“坐骑”——那辆已经很有年代感的“永久”牌自行车，电话忽然响了。

一接听，是二兵打来的。二兵说，几个教授到他那儿调研项目，晚上，请大江去陪个客。大江听了，连忙回不。

近日，大江身体闹了一些“小情绪”：血压、血脂、血糖、尿酸都高了，特别是一项什么酰基酶的奇高。医生嘱咐大江戒酒、多休息。平常，妻子也常说，大江爱听不听的。但这次是医生说的，对历来重视自己“小命”的大江来说，医生的话是圣旨。每次体检后，大江第一要紧的事就是将体检单反复看上几遍。不，至少十遍。然后上网查、咨询医生，对症下药，或者锻炼，或者食疗。尽管情况一旦好转，大江就“旧症复发”，一夜回到体检前。但至少，体检后那几个月，大江是安稳的。

所以，二兵的来电，大江回得很绝然。可二兵是什么人，他是一个能把死牛吹跑起来的人。这些年，虽然因为年纪长了，含饴弄孙，退出了“牛”坛，但江湖上关于他的传说却一点没少。果然，听了大江的回话后，二兵嘿嘿一笑，说，也不是请你喝酒，只是教授和你探讨探讨学问而已，你不会是连学问都不做了吧？这么一说，大江一时语塞。是啊，以大江的现状而言，现在，也就剩这么一点遮羞的东西了。这些年，同学、同事们不是升官了，就是发财了。大江既没升官，也没发财，只是佩戴的眼镜的镜片增厚了，像个酒瓶底子。大江常自嘲，看书多了。二兵则常夸他有学问。有学问好啊。大江听了很享受，有时难免有点飘飘然的感觉。二兵看在眼里，记在心里。掐指一算，对这位仁兄的命脉也就把准了几分，所以，一说到学问，大江不好回了。

“坐骑”启动，咯吱咯吱的。行驶，拐弯，直奔二兵说的酒店。一路上，大江一边踩着脚踏，一边想着电话那头的二兵，想着二兵，就仿佛看见二兵的那双狡黠的眼睛一转一转的。

车过桃垠，大江不想二兵了。不想二兵时，大江任凭“坐骑”滑行，骑行的脚也轻松了许多。望着一侧不远的丰碑，享受着近旁湖面的涟漪，大江惬意得很。车子滑着滑着，越来越慢，渐行渐止。大江赶忙踩起脚踏，一用力，咯嘣一下，脚下空了。大江正在诧异，车子自顾自地又向前滑行了几米，停了。大江下来一看，链条没了。赶紧向后瞧。那条已经运行二十几年，从一工作时就伴随大江的这款“永久”牌车子的链条黑乎乎地蜷缩在地上，仿佛在喘息，又像是无望，呆呆地望着大江。

大江推着车子往回走。电话又响了。大江以为是二兵，没接。继续走。电话又响了，而且有一种不罢休的势头。大江看都没看，对电话那头说，链条断了，要过会儿呢。突然，大江隐隐约约地听到电话里有哭声。不对，不是二兵打来的。一看，是叔叔打来的。叔叔说话了。他告诉大江，二姑今天收菜籽，从拖拉机上跌下来，后脑勺着地，抢救无效，过世了。让他赶快回来吊唁。

大江听了，头皮一阵发麻，神情也有点恍惚。

一阵风吹过来，大江定了定神。赶忙回了二兵一个电话，告诉他情况特殊，下乡吊唁，不去了。然后，捡起不远处的链条，也顾不得找修车子的摊点，急忙忙地打车，先回家，再下乡。

三天过后，料理完二姑的丧事。大江带着一身的疲惫回到了家。二兵打来电话。大江以为二兵是来安慰的，可电话那头的二兵语调极为沮丧。二兵说，前几天的聚会被领导知道了，违反了规定，要处分呢。

大江听了，脑海里一阵翻腾。他不知道和二兵说了什么，眼前、脑中、心里全是过世的二姑和那条断了的链条，心里像打翻了的五味瓶。

静了静。大江想，该修车了。这挂老旧的“永久”牌车子还要骑，得将那条断链接起来。也许，这样才能骑得永久些。

黑 子

还没有提起笔，黑子已经出现在我的眼前。

依然是狗眼汪汪，依然是狗眼生情，依然是顾盼流离。离开我近四十年了，它一如四十年前，生活在我身边，偎依在我身边，摇尾撒欢在我身边。

我的记忆里有它，我的梦里有它，现在，我的笔下也有它。

来我家前，我未见过它。当然，它也没有见过我。未见时，我不想见它，准确地说是怕见它，怕是害怕的怕。我那时小，小的还没有狗大，尤其是没有邻居家养的那条狼狗大。

邻居家的那条狼狗即使趴下，身子骨也比我长。倘若站起来，我就得仰望。那强壮，似一堵墙，立在我面前，让我窒息。狼狗时常竖起耳朵，张开大嘴，露出长长的犬牙，不怀好意地望着我。对我有点鄙夷，有点示威的意思。我一直怀疑，如果不是用铁链拴起来，狼狗早就对我下手了。即便我不在狗腹中，也一定是支离破碎的。

所以，提到狗，我很恐惧。怕见它，不想见它。但我没有想到的是，见到它时，它竟然这么小，小得像一个黑色的毛绒玩具，茫然地，瑟瑟地抖动着，趴在地上，无助地望着我。

我第一次在这么小的狗前强大了起来。强大的我就在那一瞬有了英雄情怀。我要保护弱小，我要保护这条和我一样黑、一样小的生灵。望着它全身找不到一根杂色的黑毛，我毫不犹豫地给它起了一个没有任何内涵的名字：黑子。

就这样，黑子走进了我的童年，走进了我的世界。走进了我后，黑子与我便形影不离。我来到门外，它嗫嚅着来到门外；我走进门里，它像跟屁虫似的趴到门里。我很珍视它对我的这份感情，于是，我张罗着，在“一穷二白”的时代用自己的方式给它“安家落户”。那时候，我没有“财力”。既没有买华美的狗笼，也没有买精致的狗盆，更没有买什么多姿的狗玩具、各式的狗牵引绳。我只是在锅灶后放上稻草，给它准备了窝。将我吃饭时一不小心摔坏了的破碗找来，权当餐具。每次吃饭时，我吃剩下来的粥则是它的食粮。我带着它在床边、桌子下溜达，在门口菜园子里游戏，在泥泞的乡间小路上成长。你一定无法想象我们当年的生活，无法感受四十年前黑子摇着小尾巴在我身前身后绕来绕去的那份快乐。

当然，乐极也有生悲的时刻。一次吃早饭时，黑子走在我前面，我端着一碗滚烫滚烫的稀粥走在它后面。忽然，脚下被什么一绊，我一个趔趄，粥碗顺势飞了出去，不偏不倚，热粥飞流直下全部倒在了黑子身上。黑子一声惨叫，我一声惊叫。碗碎了，黑子疼得满地打滚，汪汪地叫着。事后，我发现黑子脊背右下侧烫伤了。那两个月，黑子趴在狗窝里，再也不出来了。我唤它，它无动于衷。唤急了，它哀怨地望着我，眼里似有泪水在打转。每天，我舀来稀粥，使劲地吹，直到凉透了，才敢端给它吃。为了打发它寂寞的时光，我把一个罐头瓶子放在它面前，作为它的玩具，让它无所事事时闻闻、咬咬，在运动中能有点“生趣”。终于，两个多月后，黑子痊愈了，但背上留下了一个心状的疤，记录着这段永远的伤痛。

坎坷促进成长。这次过后，黑子长得尤其快。仅仅几个月，个头高了，身体也健壮了许多，毛色也越发黑得光亮了，就连汪汪的叫声也厚重响亮了许多，像极了某歌星在深情地演唱。这个唱功对我而言不仅是一种享受，而且是一种力量，一种提神壮胆的力量。那时候，是大集体，父母每天天不亮就下地劳作，天黑沉沉的时候尚未归来。我与小我两岁的弟弟在家里颇为害怕。长大了的黑子就像一尊神，保护着年幼的我们。

后来，改革开放了，我们家要回原籍。搬家时，东西多，全靠手抬肩扛。黑子怎么办？父母的意思是将它留下送人。我坚决不同意。母亲拗不过我，抛下一句话：这么远，全靠走，你要，黑子由你负责。我点点头，表面上什么都没有说，内心却像壮士出征，坚定而有力。点头的时候，黑子正看着我。我看出了它的意思。走的时候，我手一挥，它就跟上了我，移营拔寨。一路上，它走一截，我抱一截；它再走一截，我再扛一截。俗话说，一里轻，二里重。几里路走下来，我是大汗淋漓，气喘吁吁。黑子不时用狗脸温柔地蹭蹭我。我明白，它是在感谢我呢。

搬入新家，没有院子。白天黑夜，全靠黑子看家。黑子工作很认真。在家前屋后来回巡视，很是尽职。白天若有外人来，它会昂起头，非常凶猛地叫着，一副哮天犬的模样。不知道的，见到这个阵势，吓得屁滚尿流；知道的，你站那儿不动，只要等到我们家人来，它会自动回头，绝不会咬你。晚上，则不同。若有人来，它就守着门口狂吠，绝不会让你向前跨一步，即使家里人来了，它也只是退到家里人身后继续叫，时刻保持着警惕。那几年，庄上时有人家鸡被偷，我家的鸡一只没少过。爷爷在世时常念叨这是黑子的功劳。

好景不长。令人心碎的是几年后黑子出了车祸。那天，老爸推着独轮车带着我和黑子行走在灌溉总渠的省道上。黑子难得在这么宽敞的石子路上撒欢。它很兴奋，一会儿在路这边跑，一会儿在路那边溜；一会儿跑远了，一会儿又跑回来了；一会儿狂吠几声，一会儿伫立在公路中间等候着我们。危险总是潜伏在不经意间。就在黑子从公路这边跑向那边的一刹那，一辆呼啸而过的卡车撞上了它。不好！我心一紧。看着，卡车像鬼一样飘走了，而黑子倒下了。我与老爸赶紧跑过去。黑子已经闭上了眼睛，它走的时候没有留下任何声音，只是血从它的头部、嘴里和那个烫伤的心形的疤痕处汩汩地流了出来。瞬间，我呆了，眼泪如黑子的血一样止不住地流了下来。

自那以后，我再也没有养过狗。因为一提到狗，我就想到了黑子，想到了它倒下的那一瞬。想到时，心痛。

“不要和陌生人讲话！”

正是一年中最冷的季节！风不大，雨不小。

按照工作计划，今天我们去老区的一个乡镇检查。

领队的张科长问：“有困难么？”

“没有！”

张科长点点头，不语。

也许，我的回答让他很满意。到老区检查，首先要具备革命老区精神。这点风雨怎能影响工作呢？

走进老区村小的时候，第一节课上课时间尚未到。我站在门前打量着这熟悉的校园，仿佛回到了童年。

学校不大，只有几亩地的大小。校园四角方方，几排平房，一片真正意义的“草”场。国旗杆昂扬地立在中间。此刻，雨停了，风却大了。国旗在寒风中飘起了希望。

学生不多，全校也就几十个人，正在雨后的学校中心路上淳朴地玩着。

我突然想起，局里最近正在推进习惯养成教育。这不，前两天，三四百人的教干队伍刚刚在全区几个点上刚开过现场会。今天，我要顺便看看老区孩子们文明礼仪习惯怎么样。

于是，我快走了几步，离开了张科长他们，悄悄潜身到孩子们中间。

“小朋友们好!”我弯下腰，极为和蔼地走近一个七八岁的孩子身边。

孩子一愣，半晌，没吱声。倒是吸引来了几个其他的孩子，都不讲话，睁大了眼睛，盯着我。

“小朋友，见到外面的客人进校园，应该怎么打招呼啊?”我问刚才那孩子。

半分钟，也许四十秒。没有回答。

突然，孩子头向上仰起了45度，对着我，莽声莽气地嚷了一句：“嗯（我）认得你是哪够（个）啊?”

啊?

这一回答，把我给愣住了。

半分钟，只是半分钟，我恢复了刚才的气定神闲，满脸的和悦，对孩子说：“见到外面的客人进校园，不应该说‘您好’吗?”

孩子又一愣，半晌，没吱声。

忽地，抬起头，向上仰起了45度，对着我，说出了一句也许是深思熟虑的话。

“我们老师说了，不要和陌生人讲话。”

我顿时语塞。

张科长他们从后面赶上来了。我一下子明白了：今天，我们是来进行法制检查的。

风停了，雨住了，上课的铃声响起来了。校园一片静谧，我赶忙走进了校园法制检查工作的现场。

那块橡皮

我与幼儿园的小朋友很熟，因为我住的小区与他们的班级为邻。这些“小不点儿”整天就像一群刚出巢的鸟儿，叽叽喳喳，闹得我很不安宁。

近几天，我正忙着写一篇稿子，坐在办公室里人多话多，写不安稳，寻思好了，拿起稿纸和笔正想躲进家中“小天地”，聚精会神下笔。可刚坐下，忽然有个小孩在门外一声接着一声的敲门、报告，我原以为出了啥急事，慌忙起身开门。可哪知道是隔壁幼儿园的小孩正拿着块脏兮兮的橡皮：“老师，这是我拾的橡皮，交给您。”我看了看那块刚“出土”的橡皮与那个小孩，无奈地摇了摇头。“老师，真的是拾来的，你不信？”看着小孩着急的样子，我微笑着说：“好，明天我代你寻找失主。”

小孩高兴地走了。我心里想道：“这小孩真烦人。”接着，便随手把这块本不愿靠手的脏橡皮扔到了门外。

数天过去了，我漫步在小区的路上。

“老师，我给您的橡皮找到失主了吗？”问我的仍是那个小孩。“橡皮？你什么时候给我的？”说真的，我已忘了那件事。“你骗人，呜呜……”小孩哭着鼻子跑开了。被这一“激”，我终于想起来了。“这……怎么办呢？”橡皮已扔了，而小孩尚记心头，总得对他有个交代啊！后来，我挖空心思地找了个“替身”，“主动”去找那个小孩：

“橡皮在这儿，你把它交给你们的老师吧！”小孩接过橡皮，如获至宝般地笑了。

这时，从外边传来了幼儿园老师的讲话声，还离得老远，小孩便飞快地冲了出去。望着小孩扑向老师的身影，我的心里犹如打翻了五味瓶。

向阳而生

天使小靖

每次看电视剧《金婚》，我就联想到小靖。剧中扮演成年佟多多的演员于明加，无论是外形上，还是气质上都太像小靖了，特别是那双眼睛简直是复制的。

认识小靖，是因为她的医术。四年前，偶然的一个场合，朋友说起了她。朋友有灰指甲，难看，是小靖帮助护理好的。说者无心，听者有意。妻的个别手指上也有灰指甲。听后，决定去看看。

初见小靖，是在古城南门纸箱厂北侧她的店里。未进门，就看到长发飘飘的她露出迷人的笑脸在迎接我们。落座，端来咖啡，小靖煞是热情。妻直奔主题，向她咨询指甲的护理。我一脸的严肃。虽然品着她的咖啡，看着她眉飞色舞的笑脸，听着她清脆悦耳的介绍，但我不相信这个如此年青的女孩能护理好指甲。年青女孩的笑脸最能迷惑人。我不能这么简单地就相信一个未穿白大褂的女孩的话。要信就信那句世人皆知的老话：不看广告看疗效。我倒要看看她是怎样护理的。

妻与她的“对话”终于结束了。问也问清楚了，说也说透彻了。再看看她俩脸上飞过的红云，我就知道“把脉问诊”成功。接下来，该是见证“奇迹”的时刻了！

小靖让妻坐在沙发上，她坐在妻面前的小凳子上。一人一刀。小靖取来给妻修指甲的刀，让妻伸出手指，意味着护理正式开始了。只见小靖左手握住妻的指头，右手拿着修刀，轻轻地，熟练地，从左到右地修着。没见她施展什么特异功能，来来回回，就这么几下，指甲修完了。然后，小靖拿来红霉素软膏，涂上，程序结束。小靖说，好啦！过两天，再来。我呆了。一个指头两分钟不到，“奇迹”没见到，疑心倒是有了。这能好吗？已经这样了，只能听她的。两天后，来了。这次没有寒暄。小靖拿来刀，剪子、药和胶布，依旧先修，然后像外科医生一样，剪撕胶布、上药、包。程序又结束了。过五天，然后来。小靖嘱咐。如此这般，周而复始。陪妻去了也不知几周了。忽一日，小靖用剪刀拆开胶布，猛地发现妻的新指甲长出来了！像月牙，像孩子的脸，红润润的。小靖说，不要包了。她拿来两瓶标有灰指甲字样的药水说，回家后，兑上白醋，将指头放进去泡就行了。想不到两个多月后，妻的新指甲竟完全长出来了，没空，也没有增厚，与正常的指甲一样。我很惊喜，不，是惊奇了！

想想整个护理过程，与正常就医一样。来了，问了，治了，走了，好了。就这么简单。要真的寻找有什么特别，那就是：来时，小靖热情如朋友；问时，细致如家人；治时，关心如亲人。近两个月里，她没少与妻通电话或发微信，时时关切地提醒：应该修了，应该上药了……一有空就问：还疼吗？还痒吗？静时，我在想，妻的指甲护理效果这么好，一半来自小靖护理的药水，一半一定来自她的善良与爱。唐代医学家孙思邈说：“凡大医治病，必当安神定志，无欲无求，先发大慈恻隐之心，誓愿普救含灵之苦……”小靖的护理让我更加坚信了：善良与爱是可以驱走疾病的。

后来，我与小靖当面说起了这一点。她点了点头，笑了。她告诉我，护理指甲缘于母亲，而母亲护理指甲的秘方以及护理的技术都源于善良与爱。当年，一个云南女子因为轻信了爱情的谎言，带着前任丈夫的孩子与一男子私奔到淮安。谁料想，男子竟是一个懒惰贪玩没有责任心的人。与女子在淮安又生了一个孩子后，既不挣钱养家糊口，又饭来张口，还时不时玩得没有了踪影。生活的重担与男子的“不学好”好像一座大山似的压得女子几次有了断生的念头。小靖说，是她母亲在关键时刻帮助了那女子。给她煮饭，帮她洗衣，帮她带孩子，与她谈心……硬是把那女子从寻死觅活的悬崖边拽了回来。母亲的善良抚慰了女子的伤痛。她终于想清楚了，要好好活下去。决定好好活下去的女子决然离开淮安返回家乡云南。离开前，她将护理指甲的秘方以及护理的技术给了小靖的母亲，以感谢她的善良与爱。

小靖说，善良与爱让母亲拥有了手艺，也让她拥有了生活的饭碗。母亲说，拥有手艺的目的不是为了发家致富，而是更好地做个好人。母亲没有护理指甲的店，她只是在家里给有灰指甲的乡邻以及慕名而来的人护理。那时候，农村还穷，来护理的人当中，不乏很多连饭都吃不上的人。小靖母亲不收他们的钱，给他们免费护理。有时候，还让他们在家里吃饭。是粥就吃粥，是饭就吃饭。母亲就是这么朴素，没有讲什么大道理，但她通过行动将善良和爱传递给了年少的小靖。说这些的时候，小靖一脸的自豪。此刻，那善良与爱仿佛充盈了她的脸庞。

长大后的小靖学会了这门技术，她在南门纸箱厂北侧开了店。她母亲的善良和爱转移到了店里，并由她发扬光大，传递给顾客，传递给徒弟，传递给更多的人。自从妻护理好了她的指甲后，我就非常关注她。不时，有朋友和熟人说灰指甲在小靖那儿护理好了。他们当中有工人农民，有干部教师，还有很多咱古城里的名人。说起小靖，都夸这孩子善良有爱心，有的还给她送了锦旗。有位书法家朋友还专门给她写了一幅作品。这几年，还听说，她先后在北门的金地广场附近，在东门的韩桥小区周围开了店。又听说，古城有很多人在她店里学技术，甚至盐城、滨海、淮阴等地也有人来学，并且学成后都回去开了店。有的学成后，将店甚至开到了安徽、上海，乃至全国更多的地方。我听了后，感到很高兴，真是佩服她。我坚信，这些在小靖那儿学习的人也一定是善良有爱心的人。她们学成后，也一定会像小靖和她母亲那样传递善良和爱。

杏林春暖。想到这里，我眼前又浮现出未穿白大褂的小靖，浮现出她甜甜的笑脸。尽管她不是杏林里的医生护士，但她与医院里的医生护士一样，以天使般的善良与爱意，温暖着你我他，温暖着这个平凡的世界。

理发的小蒋

疫情对我影响最大的是理发。这不，疫情期间，工作在线上（咱做老师的都有了一个时髦的名字：十八线主播），生活在网上（柴米油盐酱醋茶及肉蛋奶菜都有商家送货上门），唯独理发成了困难。两个多月下来，眼看着鬓角遮住了耳朵，头发蓬松成乞丐，心里有点急，头发也有点怒发冲冠的样子了！于是，想到了小蒋，一个为我理了二十多年发的女子。

小蒋的理发手艺一流。至于和谁学的，我不知道，也没问过她，只知道她十几岁就开理发店了。起初，店开在老自行车厂门口。20 世纪末，老自行车厂不景气，厂房闲置。最多时，有六七个小企业租赁厂房，开办个体。小蒋租的房子是当年自行车厂的门卫值班室，紧挨着她理发店的大楼租给了一个老板开了一个浴室，名字叫“大华浴室”。靠浴室开理发店好，人们可以理完发洗个澡，也可以洗过澡后吹个头发。我当时，就觉得小蒋这姑娘眼光好，是块做生意的料。

果不其然。小蒋的理发店虽小，但来理发的人却奇多。每一次去，都要排队，很有一点一座难求的意思。我因为住在理发店北侧的区政府宿舍，反复查看了这一现象后，决定将理发的时间选择在晚上，心想，这个时段也许人会少一些。其实，我错了。对于小蒋而言，晚上比白天忙。白天，大多数人上班，理发的以一些老年同志居多。而晚上，像我这样的上班族才有时间。没办法，就等吧。好在等待理发也是一件愉快的事。虽然大家互相之间并不熟悉，但都是奔着小蒋理发的精湛技艺而来。聚在一起，有了共同的等待。于是，大家自来熟，天南海北的聊天。有谈论家国大事、古今中外的，有杞人忧天谈论孩子成长的，有纵论远大宏图、理想抱负的，有谈生意好做难做，发财破灾的，更多的永远是些婆媳儿女、生活琐碎的。而小蒋呢，总是一边细细地听着，一边甜甜地笑着，一边从容地给顾客理发。

我常常这样想，这样的理发，这样的等待，也是一件挺美的事。生活正是这样让我们过得如此的从容。从容的我们也见证了小蒋的从容。在理发店，小蒋开启了自己的事业，带了第一个徒弟，那是她的妹妹。小蒋还谈了恋爱，恋爱的小伙子是在卫生系统工作的小刘。她与小刘花前月下的地点就是理发店。爱她的小刘娶了她，成了她的理发店工作的下手。特别是她怀孕后，看着小蒋挺着大肚子，小刘学会了洗头、吹发，更多的是，与小蒋一起学会了幸福地生活着。

后来，老自行车厂拆了。大华浴室不在了，小蒋的理发店也迁走了，更名了。小蒋将理发店搬到了水产大楼，依旧靠着浴室。不过，这个浴室不叫大华，而叫水产浴室。小蒋的理发店也改了名字，叫唯美发艺。小蒋的这个店规模大一些，人员也增多了。除了她妹妹加盟以及小刘帮衬，一度还招了徒弟，用了零工，特别是增多了女同志做头发的项目后，明显更忙了。

我的发型师依旧是小蒋。过去是从家里向南，现在是向北，我家正好是小蒋新旧理发店的中点，是中点更是重点。重点是走进小蒋的理发店，就像回到自己家里一样，那么亲切，那么温馨，那么舒适。成家后的小蒋理发技艺也更加精湛了。在她那里，每一次理发，看起来都不是剃头那么简单，而更像是在打磨一件艺术品。她会一直细细地端详，慢慢地修剪一头乱发，每一次修剪完毕，都会先问一问哪里还不满意，还要怎么去弄，直到恰到好处，整齐、自然、光洁。也许，在其他店里，一共只需要五到十分钟的流程，在小蒋这里需要半个多小时。小蒋不急，被理发的人不急，在一旁等待理发的人也不急。或许，不急的原因就是小蒋理发的工匠精神给大家带来了巨大的吸引力。

有一年春节前，小蒋理发店第三次搬迁。这一次，小蒋没有租房子。而是在世纪佳苑自己买的门面房的二楼开了店。新的理发店叫楼尚发艺。我想，起这个名字，小蒋的想法不仅仅是因为理发店在楼上，而更多的是希望自己的事业更上一层楼，引领理发新时尚。就小蒋的为人，她还有一层意思，一定是希望在她那儿理发的人在生活事业上也百尺竿头，更上一层楼！小蒋的心思会是这样吗？或许，她的心思就是这样的。

想到这里，我给小蒋发了一个微信。告诉她，疫情中我毛头痴子的情形。小蒋迅即回复，疫情期间，情况特殊，要不，到我家来，我只为你一个人理。我回复，哪能这样呢，还是再等等吧，希望你复工后，我是第一个顾客。完全是一句玩笑话。小蒋当真了。复工前一天，她第一时间告诉了我。我拾级而上，来到她的楼尚发艺，在2020年这个特殊的春天里，让小蒋理了一次平生等待时间最长的发。理完发，一种清清爽爽的精气神扑面而来。

精气神来自小蒋的破旧图新。她一如既往给予了我们需要的，也许是平常很多人并未意识到的需要。但这个需要留给我的记忆一定是长久的，就像二十多年来坚持让她理发一样，永远不会因时光久远而改变。

燕子的淘宝小屋

在淮安，驸马巷是个绝好的去处。沿着悠悠的青石板一路向南，小巷徐徐展开：古香古色的青砖黛瓦，暗暗的有着深深车辙痕迹的墨青石板，高高的从古井边伸向天空的老榆树的枝叶，街边谈天喝茶的老街坊以及时而川流不息、时而三三两两的行人，慢慢地，慢慢地，从巷口到巷尾，展示着古城的风骨和韵味，在沧桑与明丽中呈现着这个城市的温馨与繁华。

燕子的淘宝小屋就坐落在这乍看陈旧狭窄，近看生命盎然的巷子里。当初，燕子选址驸马巷，没有什么复杂的考虑。她不关心这条巷子是不是真的出过驸马。她只是倔强地想，巷子里，人来人往。在这儿开个店，也许能创业。

创业的意义对燕子来说，实在是太重要了。十八岁那年，她忽闪忽闪着美丽的大眼睛，前脚走出校门，后脚就进入了社会，还来不及看世界，就带着满脸的稚气投身到工作中。在古城最著名的商业巨无霸里，即使穿上草绿的工作服，她依然像个上学的孩子。一次，一位顾客走近她的柜台，朝她笑笑，轻声慢语地问她，孩子，你妈妈呢。是不是你帮她看柜台的。她听了，红云霎时布满了脸。尽管羞涩，但她一脸阳光，对生活满是憧憬。在这个巨无霸的商场里，她不仅奋斗着，还芳华着。她参加商场的乐队，升旗、庆典、巡游……她宛若一朵含苞欲放的花儿，张开着花瓣，在阳光下绽放着夺目的光彩。

花儿一样的她没有想到的是巨无霸的商场也是花——一朵昙花。昙花一现。改制、下岗、失业……生活就是这样捉弄人，总是在毁灭中考验着你我他。过早地担起生活重担的燕子一下子蒙了。她彷徨，她苦闷，她看不到生活的希望！

徘徊在日暮街角，脚步这样疲惫。那些天，古城的街巷多了她的匆匆。为了创业，年轻的她在涅槃。终于，在驸马巷，她寻找到了一间店面。很小，只有几个平方，但燕子很满足。她的脸上充满果毅。她决意用她的亭亭玉立撑起她创业的天空。

店小。她将店定位在小件的精品上。时尚的帽子、精致的水杯、漂亮的发卡、美美的真丝巾、品牌的化妆品、田园风格的家居饰品……燕子一边用心地调研市场，一边嗅着顾客的最爱。这几年，巨无霸商场的历练，让她最进步的是口才。不管见到什么顾客，她再也不用羞羞答答了。恬静的她早已练就了沉稳，飞动的睫毛轻叩着顾客们的心扉，抹了蜜的温馨让顾客们踏进她的小店就如同进了家门。“姐，你这款口红真不错！”“妹，你的秀发好清香，用的什么洗护品？”“阿姨，这条丝巾好漂亮！在哪儿买的？”燕子真诚地点赞着顾客，了解着每一件宝贝的产地、厂家、进货渠道。她努力地寻宝、探宝，把宝贝淘到，为的是献给更多的人。

“千淘万漉虽辛苦，吹尽狂沙始到金。”燕子忽然想到了店名，何不叫淘宝小屋。叫淘宝小屋时，那个叫“淘宝网”的还没几个人知道。燕子纯属偶然的创意竟然与阿里巴巴集团想到一块儿去了。

与阿里巴巴集团想到一块儿的燕子没有这个大集团的实力，她开的是小店，小到处处在单打独斗，进货、接货、卖货都是一个人。南京、上海的市场早晨八点开门，燕子常常坐夜班的车，或坐早晨四五点钟的车赶过去。燕子低血糖，长途的颠簸，加上劳累，有时一下车，就头昏眼花。她就用手扶着路边的电线杆，闭上眼睛歇一歇。有时为了省点钱，进货舍不得发物流，自己拖货，常常将手磨出了血泡。燕子说，这样做的目的只有一个，就是降低成本，将实惠分享给顾客。

淘到宝，还实惠。怪不得燕子的回头客多。许多的回头客回着回着就和燕子成了朋友。这倒符合燕子的理念，做一笔生意，交一位朋友。燕子把顾客当成真心的朋友，就不再是推荐推荐商品这么简单了。是朋友，有什么事都来找她。贴贴手机膜，化妆盘盘头，甚至租房子、接小孩什么的，只要遇到困难，大家都想到了燕子。燕子百事帮办。为了提高百事帮办的“技能”，燕子每季度外出学习一次。燕子说，比如化妆，你不学习怎能知道什么肤质用什么化妆品呢？我听了哑然失笑，看来做“雷锋”也得提升素养啊！

我感觉到，做了“雷锋”后的燕子一举手一投足都在风中飘香。一次，一位顾客在她店里购物后，急急地走了，把一个黑色的包遗忘在收款台上。燕子连忙将包妥善放好，等顾客来拿。一直等到下班，顾客来了。燕子让顾客查点一下包里的东西，当顾客看到包里的金表与七万元现金一点不少时，感动得非要答谢。燕子摆摆手说，哪能呢？

我想，那一晚，失而复得的顾客一定没有睡着。即使睡着了，他的梦也一定滑落在驸马巷的淘宝小屋，滑落在燕子颦儿蹙儿低眉浅笑里。燕子拾金不昧的高尚品质带着灵气正雅致地融在巷子里、小屋中。那才是顾客们应该淘到的最真的宝。

前几天，燕子告诉我，淘宝小屋要离开驸马巷扩大规模经营了。我忽然意识到，淘宝小屋已经在驸马巷开了十几年了。十几年来，燕子一直在用她的方式让淘宝小屋装载着古城的记忆。现在搬走，会不会让许多人不适应。燕子明眸皓齿地望着我，继而，又忽闪忽闪着美丽的大眼睛，一如十八岁时。她说，淘宝小屋在驸马巷只是留下一缕温馨的久远的遐想。淘宝小屋不走进历史，只是搬到西长街博物馆附近迎接不可估量的辉煌的明天。燕子愿意与大家在淘宝小屋美美地相聚，愿意与大家在淘宝小屋美美地分享时光，分享幸福！

我点点头。说真的，燕子的话，我信！

有一缕阳光叫灿烂

听说，这个冬季很冷。

这不，大雪节气一过，天便一天比一天阴冷，冷得像在雾雪里。看着这鬼天气，我的胸口似进了风，胃酸一个劲地往上反。嘴里的板牙也作了怪，隐隐地疼。我鼓起嘴巴，妄想聚集一些热气，温暖温暖牙神经，可不经意，吸了一口冷气，牙神经一激灵，疼得愈加钻心。我赶紧裹了裹上衣，仿佛身上多了些许铠甲：棉衣、头盔、围巾……一如画作《那年冬天》里的那群人。

想到了《那年冬天》，便想到了赵丽丽。赵丽丽是我家乡幼儿园的园长，她酷爱绘画，《那年冬天》便是她的画作。但她不是职业画家，只是一个普通的画者。她没有上过什么美术学院，只是因为喜欢画，坚持画，渐渐地成了一个卓越的画者。这不，连同《那年冬天》，她的作品已经三次闯入了全国美术作品展。

我看过赵丽丽的《那年冬天》：一张硕大的画布上，风雪漫天，大地冰封。一群人看不见脸，头盔、耳罩、围巾遮得严严实实。厚厚的棉袄，厚厚的护膝，厚厚的雪鞋，一群人的身躯或弯着，或仰着，他们互相搀扶着，身体压着滑雪板，顽强的，吱吱的，慢慢地向前滑行。天很冷，撑着的雪杖与冰雪冻成了一体；臃肿的身体与天地冻成了一体；滑行的雪板与自然冻成了一体。整个世界白茫茫的，似乎是绝境，他们在突围；似乎看不见希望，他们在突围；似乎很冷，他们在突围！

看了这幅画，起初，我不明白赵丽丽画的是什么意思，但我知道画面应该是个有意象的世界。我盯住画面左瞧又想，斟酌、反思、咀嚼，画面很冷，人们在前行。哦，我已然知道了赵丽丽的良苦用意：在这个冷得极为残酷的世界，画面上的人在前行。前行的人们用行动，用意志，用坚强告诉了你我——只要团结一心，众志成城，我们就有希望。明白了这一点，我的心头暖暖的，似乎燃起了一团火。

赵丽丽曾告诉我，新冠病毒肆虐的日子里，她宅家三个月，哪儿也不能去，就画了这么一幅画。我对她说，特殊的年份，特殊的时刻，特殊的疫情，在我们都无聊无趣无望的时候，你能画出这么一幅有意境有内涵的画，值了！因为你的画正是我们全民抗疫的真实写照啊！

所以，置身这样的天气，我自然想到了《那年冬天》，想到了冷冷的冬天和前行的人们，想到了这幅画面虽冷，却能鼓舞人、温暖人的作品，想到了明眸皓齿的赵丽丽一定是个暖暖的画者。

这个猜想，在我与赵丽丽交流时得到了确认。她说，小时候，她没有美术课本、没有画册，只是在家里极简陋的房间里，关起门，信马由缰，涂涂抹抹。那时候，旧日历、家前屋后的花花草草就是她绘画的素材，甚而别人扔在路边的糖纸，也被她当成宝贝捡回家，当作临摹的材料。那时，倘若不是内心充盈着阳光和希望，哪能走上这条近乎是崎岖的小径呢。而真正接触画画，是小学四年级的美术课，说来好笑，启蒙的课是画小刀。老师拿出一把小刀，往纸上一放，按住，用笔绕着形状画一圈，说："画好了，你们就按照这个方法画……"就是在这样的情况下，她憧憬着走进了艺术的殿堂，走进了向往着的五彩世界。画呀！不着边际的画呀！画得极为单纯，纯到纯自然，纯到靠天性，纯到靠自己一边画一边悟。画呀，一直画到了她考上师范。入学发新书时，发了一本《美术鉴赏》。她如获至宝，似乎开了眼界。开了眼界的赵丽丽更加喜欢画了。师范学校好，终于有专业的老师教了，还能有机会与老师一起去某处写生；平时，可以在图书馆看看专业的书，也可以加入各种绘画QQ群、微信群，在网上寻名师上网课。这段时光，我猜想是赵丽丽绘画技艺提高最快的日子。

在她的工作室里，我见到了一幅标注为《寻寻觅觅》的画作，笑着对她说，这幅作品应该是你这个阶段最真实的记录吧。赵丽丽笑了。她说，你咋看出来的呢？我故意沉思了一下，指着画缓缓对她说，你看，画上这位少女，驻足在古镇的觅觅客栈。画作一面是客栈的墙，代表着古老与沧桑，一面无色，代表着希望和远方。再看，少女青春的背影，直立多彩的行李箱，客栈的浪漫情调：奶茶、红酒……外面的世界真精彩啊！画中的少女是你吗？也许是你初入人生，也许是你徘徊在人生的十字路口，也许是外面的世界正扣动着你的心房。

一席话，逗笑了赵丽丽，逗得她笑得前仰后合，连声说："准！真准！不，精准！"呵呵！其实，我哪能分析得这么精准呢。我不懂画，我只是懂得观察而已。只是在观察了她的画作后，直觉地感受到了赵丽丽是个阳光的画者。向阳而生！她的一系列作品都是这样充满着生活的气息，充满着对美好生活的向往。你看，《圣地之约》将藏族一家新年朝拜后的幸福美满写在了脸上；《峰载千秋》将邮路的艰辛与希望立体地呈现在千秋万壑之间。还有《相依》《溪山新雨后》《有鹿来》《静谧时光》……一幅幅，一件件，都有这样的元素，无不是在呈现美丽、呈现着温暖、呈现着大爱。读她的画如沐一缕缕阳光，感动着，美好着。

是的，向阳而生的女子一定是美丽的。赵丽丽说，在新冠病毒肆虐的日子里，她除了画《那年冬天》，还在画笔筒画，那是瓷瓶画的一种。就是在陶坯上作画，然后画好后烧制。她的陶坯全部来自景德镇，画好了也全部送往景德镇烧制。那个阶段，她画了好多笔筒画，作品义卖后，获得了一万元。她将这一万元全部捐赠给了抗疫的专项行动。一次捐一万元。其心可鉴！

与赵丽丽交流，我还意外得知，她现在的主要精力不仅仅在画画上了。课余，她每天都要腾出专门的时间组织自己单位里有兴趣的同事临帖绘画。赵丽丽说，乡镇幼儿园美术教师较少，不能满足孩子们学画的需求。说到这里，她仿佛回到了童年，仿佛回到自己想画画但没有老师教的童年生活。“必须让乡镇的孩子拥有彩色的童年！”她说。从前年开始，她先后招募了13名老师，组建了学画团队，尽管许多老师没有绘画基础，甚至连三原色、渐变色都不懂，但功夫不负有心人，在赵丽丽的细心辅导下，她们的书法、工笔画水平都有不同程度的提高。

我说：“兴趣是可以培养的。情怀是可以传递的。”

“谁说不是呢？”赵丽丽一脸骄傲地说，“我们的老师经过两年多的培训，如今已能熟练地运用莫兰迪色系来进行创作画了。”

“今年除了一名老师因为婚假耽误了创作外，其他老师的画作全部入选了四年一届的淮安市第二届美术作品奖。”

“陈莹老师的画作还通过了国级作品展的初评。”

打开赵丽丽的兴奋点，她的话匣子一发不可收。

“如今，13位老师完全可以扮靓我们幼儿园350名农村娃娃的‘彩色童年’了！”

“你瞧，这画室，是我为师生们建的；你看，这些画材，是我义卖作品后购买的。特别是，这个花棚，我动了不少小心思。四季花开，我让师生们零距离接触‘花’，赏‘花’，画‘花’。”正说着，一个稚嫩的小手伸到了我们的面前，“叔叔，我用的是对比色哦！”原来，这个叫朱梓涵的小朋友刚画完她的《花瓶中的花》，想展示给我瞧瞧。

朱梓涵一脸的灿烂，再瞧瞧周围画画的小朋友们，她们都是如此的灿烂。我再看看身边的赵丽丽，她也在灿烂地笑着。

高风晓日，其丽灼灼。离开幼儿园时，午后久违的阳光穿云而出，金灿灿地洒向幼儿园，洒到这所幼儿园师生们的身上。天依然冷，但看着灿烂的她们，我忽然感觉到：冬日里，有一缕阳光叫灿烂。有了这份感觉，心头顿时暖暖的。

俺的兄弟叫老王

俺的兄弟叫老王。王者风范的“王”，大姓。

王姓，众矣。亮者老王也，老王之亮功在隔壁。当然，隔壁老王绝不是俺兄弟。俺兄弟不是那种蠢蠢地窥视别人家桃园风光的人。

俺兄弟之亮在面容。不好看，但好记。你瞧，鹰眼，一点不歹毒，瞅你一下，柔柔的，眼角还时时荡漾着若有若无的笑意，不过，余光有威，只一扫，便冷飕飕地直插人的内心；再看，光头，开亮一百瓦灯泡的那种，亮，贼亮，能刺瞎人的眼睛；更不必说嘴角那块长年不退的火疮，像猫抓的，也像英法联军火烧圆明园时留下的废墟。提到这个，俺兄弟老王着实生气，狠狠地打着火疮的疤痕，就像在横扫英法联军。

说真的，这面相害惨了俺兄弟。这鹰眼，这光头，这火疮……掩盖了俺兄弟好多好多的丽质。俺兄弟五十尚不到，但认识的不认识的，都一口一个老王的叫。俗话说，人靠衣裳马靠鞍。为了不“老”，俺兄弟不惜代价的装扮行头：李彦宏的衬衫，马化腾的皮鞋，甚至是比尔·盖茨的领带……同式同款，目的路人皆知。不用说，穿起来是精神，但山河依旧。人们看到俺兄弟这鹰眼，这光头，这火疮……依然一口一个老王的叫。有些生人见到他，还离得远远的，似乎怕他。

俺兄弟悲啊！那次，实在气不过，一个人唉声叹气地进了一家小酒馆，点了一盘花生米，叫了一份下关猪头肉，切了半斤五香牛肉干，要了一瓶鲁希圣，闷闷地喝了起来。俺兄弟不胜酒力，三杯下肚，头就晕晕乎乎起来，鹰眼迷蒙。迷迷糊糊之间，一身着明朝官服的大人来至桌前，敲了敲桌子。俺兄弟尽力睁开醉眼，正欲言。官者摆了摆手说，吾乃淮安知府姚斌，尔可是为面相所困。俺兄弟使命地点了点头，如小鸡啄食般。官者哈哈一笑说，人之面容来自父母，实为天成，何谓美乎丑乎？何谓苍老乎青春乎？尔已至现代，尚如此浅薄，可笑可笑。尔未闻左思貌丑口讷，然辞藻壮丽；晏婴身矮，然直言敢谏；包拯脸黑，然廉洁公正、谓之青天……如此等等，尔当思之。盖君子立天地间，为多有建树，其质其容自华也。语罢，飘然而出。

一语惊醒梦中人。俺兄弟老王抬起头，擦了擦疤痕处淌下的涎水，仔细咀嚼着梦中姚斌的话，越想越觉得有道理，越深思越觉得汗颜。他知道洪武三年，淮安知府姚斌在自己脚下的这片土地建了“仁”字坝，永乐二年，平江伯陈瑄又建了“义”“礼”“智”“信”字四坝，合“仁”字坝为淮安五坝。自那以后，仁坝与义坝相连，不仅带给家乡下关世代的繁华，也形成了下关独特的“仁义文化”。此番，姚斌托梦，一定是寄予后辈，希望下关全面打造“仁义文化”，传承崇仁重义的“仁义精神”啊。

想到这里，俺兄弟老王的脑门更亮了，仿佛开过了光；额头上的几道皱纹似淮水过了山阳湾，明显平缓了许多；鹰眼如炬，定格成光，灼灼地射向远方；酒后的潮红掩饰了火疮的萌动，倒是让小心脏跳动得极为亢奋。俺兄弟老王知道，下关的春天到了。这鹰眼，看得准；这光头，照得远；这火疮，有火力。

看得准的俺兄弟老王，首先想到了如今的下关因社会城市化发展的需要而被整体拆迁，面对下关古镇即将远离而去的问题。那几天，他辗转反侧，睡不着觉。他与好友陈勇探讨，他们走进下关村党总支，走进淮安区历史文化研究会，走进淮城镇人民政府（现为街道办），咨询、研究，寻求方案。经过广泛调研，编纂一部《下关史话》的想法渐渐在头脑中清晰。俺老王兄弟说，记住乡愁，最好的方式就是把深藏在老下关人心中的记忆用文字、图片呈现出来。可是编纂史书可不是一件简单的事情，按照惯例，编纂史书应该是政府部门的事，民间写史可不是一件小事。可是如果不去做，下关古镇的历史文化将会在我们这一代断层乃至消失。俺兄弟老王知道面前的困难。可倔强的本性再次鼓起了风帆。他与陈勇放下了手中的工作，采用公益众筹的方式，调动各方力量，在广大干群、专家、学者、文化志愿者、单位的爱心支持下，众筹资金，众筹文史作品，出版了《下关史话》，为国内地方乡镇村史志编纂出版，提供了一个完美的案例。

照得远的俺兄弟老王通过参与编著《下关史话》明白了众人拾柴火焰高，他还明白了下关要想成为一张铮亮的名片，必须用文化立魂，仁义固根。下关丰富的文化财产和精神财富，需要通过活态传承才能变得鲜活起来。为此，俺兄弟老王乐此不疲，积极推动，他经常活跃在淮安区历史文化研究会、淮城街道，在下关村两委的领导下，与党员代表、村民代表、村文化志愿者会审，顺利通过了“崇仁重义·德馨下关——仁义下关主题文化小区”文化工程项目规划。在下关村党总支书记蔡峦的支持下，俺兄弟老王还先后邀请了市、区知名诗人、作家、书法家、画家等来下关采风，创作了一批反映下关历史文化和时代风貌的文学书画作品。与此同时，以香溢花城小区为试点，建设了“仁、义”二坝大型景观雕塑，在17栋楼25个单元门前悬挂木质楹联，建设了600平方米的下关历史文化展览馆，为百姓留住乡愁记忆，为社区树立起强大的文化自信。

有活力的俺兄弟老王还积极创建新时代村社网，以国内首个主题文化村社所在地下关村为基地，面向全国打造百家主题文化示范村。俺兄弟老王说这番愿景的时候光头亮亮的，鹰眼亮亮的，整个面部亮亮的，给人以光明，给人以希望。

看来，姚斌所言不虚。天降大任于斯人也。俺兄弟老王亮了，其质其容自华也！

为爱立名

他从供销社下岗十九年了，没人见他穿过什么时尚衣服，也没有人见他上过什么大饭店，他朴素得近乎寒酸，他面对的还有在家里因病瘫痪了近二十年，生活不能自理的女儿，但他十多年来点燃的爱心之火，给许许多多和他一样困难、比他更困难的人带去了温暖。尤其是这五年来，他为近300名孩子送去了雷锋般的温暖，照亮了他们求学成长的道路。他就是获得中央文明办表彰的“中国好人”王贤忠。

回忆这些年来助人的经历，王贤忠说雷锋对他的影响最大。雷锋曾在日记里写下“对待同志要像春天般的温暖”的句子。王贤忠告诉我们，这句话是他做好事、做善事的原动力。“在外人看来，我们这个三口之家以小商店和网店养家糊口，省吃俭用，难得买一件的衣服还是网上的便宜货，日子过得紧巴巴的，甚至可以说很贫困，每天都很操劳，还有一个躺着生活、不能自理的女儿，但我们自己从来没有因为生活条件差而抱怨，恰恰相反，我们还在帮助着其他困难的人，”王贤忠这样对我们说，“人的一生说长很长，说短也很短，不应该把金钱和物质享受看得太重，而应该考虑我为别人、为社会做了什么，我从不后悔自己的决定，更为我的付出和收获感到欣慰，这是因为我在有生之年为社会做了我应该做的事情。”

没有豪言壮语，只有平静的表白，不为逐名追利，只为追求心安理得、坦坦荡荡，这就是王贤忠，这就是十多年来面对工作和生活双重困难，坚持演绎新时代“雷锋的故事”的王贤忠的真情道白。

王贤忠至今还记得第一次助人是在一个早春花开美淮安的季节，自己和十多名志愿者在“小天使康复中心”与孩子们一起玩游戏时，细心的他发现智障儿童对玩具很喜爱，但现有的玩具有些陈旧，种类和数量都难以满足孩子们的需求。回家后，他就开始筹备为孩子们送玩具的事。两个月后，一批价值2000多元的玩具送到了“小天使康复中心”。这些玩具，有的是他自己出钱买的，有的是募集爱心人士捐赠的。当把这些精美的玩具送到孩子们手上时，有一个小男孩拿着心仪已久的玩具枪，嘴里发出啪啪啪的枪声，一旁孩子的妈妈激动得热泪盈眶，她说孩子已经很长时间没露过笑脸。那一幕，在王贤忠的脑海留下了深深的印记。

王贤忠说：“心里有障碍的孩子经受了常人难以感受到的病痛和心里的折磨，那一刻，我为他们及他们的家长创造了快乐。我在现场感到更快乐。”

一颗爱心，涓涓深情。爱心之火在春天里点燃，爱心故事在春天里讲述。此后，王贤忠一路播撒爱心，无怨无悔、不离不弃、矢志不渝。近十年来，每逢春暖花开的时候，他都会带着“小天使康复中心”的孩子们去楚秀园等处春游踏青。

一个人做一件好事不难，难的是一辈子做好事，更难得的是在自己没条件做好事的情况下义无反顾地坚持与坚守。王贤忠十多年来助人为乐，克服的不仅是家庭的困难，更多的是面对社会上的流言与白眼。王贤忠起初参加助人活动时，妻子一开始是持保留意见的。妻子认为丈夫做好事，经常耽搁了小商店的生意，将生活的重担全扔给了自己。关键时刻，瘫痪在床的女儿却对妈妈说，她支持爸爸。她还利用自己瘫痪需要帮助的切身体会告诉妈妈，病患需要他人关爱、特殊群体需要关爱，父亲的助人是大爱。只有人人献出一点爱，世界才能变成美好人间。女儿的话感动了妻子，也感动了王贤忠。从此，妻子也成了王贤忠助人活动的“贤内助”。而面对社会上许多人认为王贤忠做好事简直有点“傻”，尤其是家中女儿卧病在床，还出去跑，不可思议。王贤忠说他相信爱会“传染”的。只要道义在肩，大爱无痕，他用行动演绎了一个共产党员的初心，用大爱倾城，用大爱影响一座城。

为了放大爱的力量。他和警察张勇等人发起成立了“世纪爱心服务队”，他任法人代表，不仅自己学雷锋，做好事，而且利用“世纪爱心服务队”组织更多的人做事，讲述“春天的故事”。五年来，这个“世纪爱心服务队”已逐步发展到200多人，他们做的好事也越来越大、越来越多。迄今为止，王贤忠和他的“世纪爱心服务队”的足迹遍布了淮安区所有乡镇，走访帮助了276名贫困学生家庭，对其中的33名特困生家庭还进行了长期结对帮扶，为这些家庭捐款12万余元，捐物8万余元。2013年5月，王贤忠在勺湖社区参加矛盾纠纷调解活动时，发现小学生郑某与患病不能完全自理的父亲相依为命，他与“世纪爱心服务队”另一位同志决定长期资助郑某上学，并坚持在生活上也给予关心。寒暑假带她游玩，平常为她买衣服，买生活用品，等等。他和他的“世纪爱心服务队”每年还组织“留守儿童微心愿”活动，去年一次就为5个乡镇的60多个孩子送去心仪的物品。

大爱倾城。为了用大爱影响一座城，王贤忠还把爱的视角延伸到更广的群体。麻风病人对很多人来说躲都来不及，王贤忠却与他们打成了一片。这些年来，他一直关注着这个群体。他清楚地记得刚开始组织爱心志愿者去慰问麻风病人的时候，前期有十多名志愿者报名参加，可到真正准备前往麻风病康复中心的那一天，有的人只是把买好的礼品委托王贤忠带给老人们。王贤忠知道，老人们其实并不需要太多的礼品，他们真正需要的是陪伴与理解。第二年，王贤忠在网站上大力宣传这项活动，又有了更多的人加入进来。志愿者们去为老人们打扫卫生，同他们拉家常，为他们表演精心编排的淮剧，还鼓励老人们参与一起表演，老人们露出了久违的笑容。通过活动，王贤忠再次感受到爱是会“传染”的。

爱是会“传染”的。为了这份爱，他每年会不定期地组织志愿者去淮安残疾人养老中心看望那里的老人们，为他们理发剪指甲，逢年过节时还会跟老人们一起包饺子包粽子。王贤忠带着他的志愿者们几乎走遍了全区所有的乡镇敬老院，为老人们带去快乐，送去温暖。

爱是会“传染”的。为了这份爱，2016年6月，阜宁部分乡镇遭龙卷风袭击，因多人受伤血库告急。王贤忠得知这一消息后立即组织志愿者献血，一个上午便为灾区伤员献血一万多毫升，当天下午他又发出支援灾区的倡议。经过紧张筹备，他和三十多名志愿者带着大家捐赠的价值一万多元当地急需的物资来到灾区，送到灾民和救灾解放军战士的手中。2017年3月，他在电视上看到区血库A型血告急的消息，A型血的王贤忠其实已经过了献血的年龄，但他仍然带头献血。当天，他同他组织的服务队队员们累计献血8000毫升。

爱是会“传染”的。为了这份爱，除了关爱弱势群体、帮扶困难群众，王贤忠还经常参加义卖活动，将全部收入用于慈善事业，他积极组织参加“6·26”禁毒宣传活动，经常组织志愿者参与社区治安巡逻。2013年他被淮城街道聘为兼职人民调解员，五年来参与调解矛盾纠纷100多例。

上善若水。目前，也许王贤忠的生活还是比较贫穷，但他的精神一定富有。他为大爱立名，为美德代言。在敬老、助困公益事业上，他5年帮助近300人次，深情讲述的新时代“雷锋的故事”正影响着更多的人。

生活空间

翠　红

想起翠红的时候，她正好打来电话。

听电话那端的声音，脆脆的，慢条斯理的。我就知道，近来，她精神状态恢复得不错。

翠红身子一直很弱。初识她时，她刚调进我们单位，只见她“闲静时如姣花照水，行动处似弱柳扶风”。我就想，好一个林妹妹来了。说她是林妹妹，当然不仅仅指她“病如西子胜三分”的体形，而更多的是说她的内慧。

翠红的内慧在于寡言。翠红文静，平常不喜言。那时，办公室是个小社会。课间，言者高声，沸如市场。翠红处闹市而心静。同事间言国际形势的有之，操中南海心的有之，道家长里短的更有之。言时高瞻远瞩的有之，愤愤不平的有之，唉声叹气怨天尤人的更有之。言着，附和的有之，叫好的有之，吵成一片争得面红耳赤的更有之。翠红不言。低眉顺眼地批改着她的作业，偶尔伸伸懒腰，打打哈欠。翠红寡言并非不言。一有言者争执，或是言者惑之，翠红每每如逮鼠之猫，先屏息、观察，再见缝插针，一句话，一个词，巧妙化之，如拨云见日。可见，翠红虽寡言，但极擅言，偶尔还玩点冷幽默。常一本正经自顾自地说着，众捧腹时，她尚茫然，故作大智若愚状。

翠红长于课。十年前，观课必观翠红的课。翠红是于永正先生的弟子。其时，先生倡导简单语文，翠红极力践行，将一头秀发埋于先生《教海漫记》中。在青春洋溢的课堂上，将苏教版演绎得一点不简单。那个课啊，上得清清秀秀，像极了翠红的婀娜；那个板书啊，一点不像她的柔弱，撇撇捺捺处处力透纸背；那个诵读啊，宛如她的高歌浅吟，声音绕梁三日；那个文本解读啊，听者错以为走错地方，置身在百家讲坛现场。翠红的课讲得津津有味，听者唯有咂摸着嘴，不停地反刍。

当然，翠红之长绝不止于演课，她还擅于写。我担任单位一个内设部门的主任时，极力向领导要人，将她调到我的科室，让文文弱弱的她在知行的文字空间内显示出刚强。那时候，她什么都写，论文与新闻同行，文学与文字联姻，科研与教研齐飞。翠红很刻苦，很快，翠红的铅字便在各大报刊、网络游走。游走的文字溢满了翠红的灿烂，就像阳光下的蝶，翩翩地在花间舞蹈着。我们都很喜欢她的文字，在文字中寻觅着她的灵气，捕捉着她的思想，聆听着她生命拔节的声音。

那几年，时光对翠红格外青睐。她在岁月里激情地燃烧，不知道疲惫，只知道挥洒着青春与汗水。阳光的文字差一点点蒙蔽了我对翠红的了解，让我忽略了她的脆弱。

了解她的脆弱是一次寒冬之行。我们十几个兄弟姐妹结伴去海南体验候鸟的生活。在蜈支洲岛，小伙伴们欢呼雀跃。小田、宋伟、邵玉芳、许英他们去潜水，杨杰、唐琴、志君、晓玉、力芬她们在沙滩上追逐，李宇、东升、李军他们穿上泳衣踏浪而行，进入了大海的怀抱。而翠红面对这海阔、云奇、山秀、水清的精致，却慵懒得很。陪伴着她的艳子告诉我，翠红发热了。我走近瞧瞧，看她一脸的无神，决定带她去医院。可是她怕耽误大家的行程，不愿意去。

一路忐忑，终于入住宾馆了。我问艳子，翠红怎么样？要不现在去医院吧。艳子说，吃了退烧的药，热度降下来了。翠红说不去，她已经睡下。我嘱咐艳子注意观察，一有情况就告诉我。

回到我的房间，我不敢休息，害怕艳子来电话。直到十二点，迷迷糊糊中，我刚睡着，电话响了。艳子打来的。翠红又发热了，39.5摄氏度。我披衣而起，直奔宾馆吧台，询问最近的医院。服务员说，这儿是乡野，医院很远。我说，帮我打个的。服务员笑笑，说这儿没的，要打只有摩的。这不行，看着我急得抓耳挠腮，服务员说，可以帮我联系一个卡车，不过，需要二百元。我说，钱不是事，快联系。很快卡车来了。艳子架着翠红上了车，我们直奔医院。七弯八拐，也不知什么路线，驾驶员终于把我们送到了医院。给翠红挂了一个急诊，终于看到了一个医生，矮矮的、黑黑的，头发卷卷的、很浓密，像非洲人。测体温，听心率，查血象，医生开了药——八瓶水（药）。看着躺在病床上的翠红，昏昏的。望望医生的这八瓶水，我也昏昏的。没有什么好办法，挂呗。给翠红挂上水，我才发现这株会思考的芦苇也有她脆弱的一面。

后来，翠红告诉我。那晚，看到医生开了八瓶水，她很紧张，心一直跳得很快，怀疑自己会死。我笑了笑说，会死的不是你，是我，我是紧张而死的。

怀疑自己会死的翠红自那以后再也不远行了，不远行的翠红体质有点弱。过去我不知道，和她赴海南远行后知道了，知道了她不能远行，我就在电话里建议她近行：大运河慢行系统建好了，萧湖音乐喷泉开放了，堂子巷大桥通车了……电话那头的翠红听了，嗯嗯嗯地答应着。循着她的声音，我仿佛看到她已经走到郊外，在古镇的绿意里，在运河的拱桥上，在山阳湖的涟漪旁，轻盈地走着，开心地笑着。翠柳红花，已然醉了她的心扉，美了这多情的四季。

“抠”老魏

古城的人大都知道老魏。

老魏是开饭店的。店不大，只有两间门面，是典型的小饭店。小饭店开张前，老魏“抠”，舍不得装潢，唯一的大动作是将店内地面向下掘了掘，摇身一变，让饭店一层变成了两层。看着这两层的饭店，老魏拿出了“宏伟”规划。上层为包间，底层隔出一个包间后，再隔个厨间和堂食间。

开张后，老魏对饭店包间和堂食间是有定位的。老魏说，小饭店的生意主要在堂食间，他在堂食间里摆四张长条桌，正常来三四个客人，就安排在堂食间，长条桌前后，坐下来正好。偶尔多来两个人，搬来凳子，两头一坐，也正好。在堂食间，点上几个菜，喝点小酒，很实惠。不过，堂食间四张桌子都安排上人时，有点吵，像大排档。有的客人要求高，提出到楼上包间“雅”一点。这时候，老魏的“定位”就出来了。他急急地说：“我告诉你，楼上至少三百块一桌。”害怕客人不明白，老魏往往还要重复说几次。

我告诉你，楼上至少三百块一桌。老魏的本意绝不是明码标价，他的言外之意是，你们来的是小饭店，在小饭店，你们小吃就可以了，没必要到楼上去浪费。

大多数客人不理解他的这层意思，微词颇多，认为老魏“抠”。“抠”老魏还有一句“抠门”的话。在他的小饭店里，一桌菜上罢，中途或是酒席结束前，倘若你让老魏再上几个菜。他总是叽叽咕咕地说：

“你这几个人，这么能吃的？”而且反复唠叨着，弄得客人很不满意。这已经不是“抠”了，简直是煞风景了。大家难免嘀咕，是你请客还是我们请客？难道我们吃饭不给钱？真啰唆。

不过，对老魏的话微词归微词，对老魏做的菜客人们一点不微词。听惯了“抠”老魏的这两句“经典台词”，听熟了，听得耳朵上已经生了茧子后，客人们依旧来老魏饭店。来老魏饭店时，客人们心里就想，我们是来品尝美食的，又不是来听“抠”老魏“说书”的。

老魏确实不是说书的，他的本领在美食上，老魏的招牌菜是上河狗肉。上河是古城的一个乡镇，古城与别处不一样，在美食上，一乡一品，什么朱桥甲鱼、平桥豆腐、钦工肉圆等都是这样，以乡镇命名美食的名字。老魏是上河人，土生土长，擅做上河狗肉，老魏做的上河狗肉分清汤与红汤两种。到老魏饭店来的客人几乎都是冲着这狗肉来的，人多，两种都点，人少，点自己喜欢的那一种。点完后，没有人关心老魏是怎么烹制的，只是坐在桌边闲聊，期许着香喷喷的狗肉尽快上来。老魏上菜快，上个花生米，炝个黄瓜，炒几个菜，就可以开席了。然后，十分钟，至多十分钟，老魏烹制的狗肉就上了桌。上了桌的狗肉顿时让全屋飘满了香味，无论是清汤还是红汤，一样的香，一样的风味别致。不知道老魏用了什么烹饪方法，清汤肉色白嫩，汤清不稠；红汤带点辣味，香而不腻。尤其是吃狗肉前，你喝上几口汤后，味蕾、全身所有的器官一下子打开了的感觉。闻着狗肉香，品着狗肉时幸福的感觉，慢慢，慢慢地进入了五脏六腑。这时候，喝上一杯小酒，真是其乐无穷。

其乐无穷的不只是客人，还有“抠”老魏。忙完厨房里的活计，他眯缝着眼睛，踱着步子来到客人们中间，看看有什么需要，一边回应着客人们，不时蹦出他那两句“经典台词”，一边欣赏着客人们品尝狗肉时的幸福。我发现欣赏客人们品尝狗肉时的老魏，胖乎乎的脸庞上溢满了幸福。那种幸福一点也不“抠”。

老　三

飞来的横祸让老三寡欢得很。

自从那次一个小子喝醉了酒，将停在路口等红灯的老三车子撞了后，老三就一天没开心过。老三想不明白，那小子从哪儿钻出来的。车子停在那儿不动，你也能撞？你究竟喝了多少酒。三令五申！三令五申的！喝酒不开车，开车不喝酒。你小子耳朵没了，脑子也没了吗？你不想活，我还想活呢。越想越气，气得老三不仅头疼，连脖子都疼了。

车子是老三的饭碗。现在饭碗被那小子砸了，颈椎还受了严重的伤，医生建议老三今后不要开车了。想到再也不能开车了，老三就莫名的烦躁，真想打得那小子满地找不着牙。

躺在病床上的老三生气，出了院后的老三也阴沉着个脸。受了伤的他不能开车，回家了还不能大动，只能躺在床上或坐在沙发上静养，这一躺一坐就是一年多。长期的躺与坐把老三变成了一个充满气的球，不仅胖的圆乎乎的，而且与气球一样，除了气多，别的都不多。多了气性的老三天天在家找碴儿，不是与三嫂吵，就是在电话里与在外地工作的女儿叽咕，要不然就像死猪一样瘫在那儿一动不动，自个儿生闷气呢。这一来，气呼呼地老三把自己的血压气高了，血糖气高了，尿酸也气高了，还不错，流行的“四高”就剩血脂尚未高。

这样下去怎么得了啊？三嫂见到我也是一副生气的模样。说着说着，眼眶还流下了泪。

得让他出来啊，我说。一年多了，身体早没病了，有病的是他的心理。我忽然想到了，小区的好人公园里，一帮老同志吹拉弹唱，不是极为热闹吗？打牌的，打球的，跳舞的，遛狗的……哦，还有抖空竹的。老三年轻时，是个有名的“玩脚子”（方言：会玩），他空竹抖得好的呢！

是啊，三嫂说，我怎么没想到呢，要不，你陪我一起去做做老三的思想工作。你会炫（方言：能讲会道），凭你那三寸不烂之舌，一定能说动他。

天降大任。受命败军之际的我当然卖力。经过鼓噪，老三起初还很固执，接着羞羞答答，故作斟酌思考状，最终，穿上运动鞋，接过三嫂事前早就准备好的空竹走出了家门。

走出家门的老三从步履上看，不疾不徐，甚至还偶尔拖拖拉拉。我与三嫂在前面走，他在后面慢慢跟。到了公园抖空竹的地方，几个老爹老奶正在慢悠悠地抖呢。老三看了一会儿，摇了摇头，觉得他们抖得不怎么样。我动员他抖，给老爹老奶们露一手。

嘿，你还别说。老三到底是有底子的人，空竹这玩意，入门容易精通难。手眼身法步，处处见功夫。老三当年玩过这东西，还就是不一样。有了几分钟热场，老三来了劲，再加上我不遗余力地捧，老三终于愿意展示他的“九阴真经”了。什么“抬头望月”“平沙落雁”“鸡上架”“金蝉脱壳”“蚂蚁上树”“大鹏展翅”，看得我目瞪口呆，老爹老奶们干脆不抖了，全围过来观摩，还啧啧地赞叹。老三更兴奋了，就像受表彰的孩子，越发“人来疯”。一拉，一拽；一松，一紧；一放，一收；一松，一接……老三心随意动，无形有序，有线无痕，虚虚实实，旋旋转转，将空竹抖得真叫个炉火纯青！

抖完，老三还摆了收势造型。呱唧呱唧，公园里掌声一片。老三脸微红，气微喘。大家聚拢来，纷纷向他请教。老三一点不谦虚，就像央视的宋世雄作解说一样。抖空竹，手要快，腕要活，眼要尖，身要灵，步要稳，心要静。起式，讲究上板上眼；开抖，注重动静搭配；正抄，必须行云流水；反抄，切记运转自如。老三气宇轩昂地讲，也不再像先前在家里时那样佝偻着腰了。看来，气球般的老三今天找到了出气口。

痛快。讲完后的老三神清气爽，他很豁达地与膜拜他的老爹老奶们约定：明天同一时间这个地方见。他说，独乐不如众乐。今后，要带着老爹老奶们一起抖空竹，一起交流、切磋，把团团转、嗡嗡响的空竹抖滴溜了！

望着老三，我和三嫂背过脸，笑了。

三　儿

三儿是小名，三儿大名叫巧玲。老爷子对三儿心重，三儿在娘肚子里时，老爷子就酝酿三儿的名字。按算命先生说的，名字关乎着一个人的前程呢。

不过说来也怪，老爷子有四个闺女，唯独对三儿的名字考究，前面两个叫大菊子、二菊子，后面一个叫四菊子。老爷子尽管是搞经济工作的，但喜欢风雅。在他看来，女儿们“簇簇竞相鲜，一枝开几番。味甘资麴糵，香好胜兰荪”。对他而言，菊寄托的也许是“不是花中偏爱菊，此花开尽更无花”的情怀。不过，这顺序的起名方法，我总觉得俗，不是老爷子的风格，或许是大俗大雅。老爷子是不是雅致过后，想到了风俗，就像农村人给孩子起名“阿毛”“狗剩”什么的，阎王爷不惦记，好养，长命百岁。以老爷子的水平，我猜是。只是老爷子现在不在了，没办法问了。

可是，最不明白的是，老爷子为什么给三儿起名巧玲呢？二菊子、四菊子之间分明有个空，叫三菊子啊。老爷子一定想过，要不后面那个闺女就不叫四菊子了。老爷子晓得三儿应该叫三菊子，他没起这个名字，但给三儿留着。三儿虽然不叫三菊子，叫巧玲。老爷子一定有深意，或许有什么玄机。这个只能等百年千年过后，我到天堂，当面问老爷子了。以现在的猜测，简易版的是拆字理解。巧玲无非是灵巧、乖巧、聪明、伶俐的意思，独独希望三儿灵巧伶俐，老爷子偏爱三儿之心昭然若揭啊。

三儿，不，应该叫巧玲。巧玲没辜负老爷子皇天后土般的深意，确实灵巧伶俐，女儿家的十八般武艺，她样样精通。小时候学习好，成绩优。特别是那一手字，不加入中国书协，我觉得有点可惜。长大后，鲤鱼跳龙门。从农村调到城市，一直在金融系统工作。巧玲没当过官，但会计业务在金融系统是响当当。响当当的巧玲最具灵巧的是培养女儿，一不小心将女儿培养到最高的金融管理部门。看来，老爷子的深谋远虑还真灵验呢。

不过，每每说到这些，大菊子、二菊子是不认可的，最不认可的是四菊子。大菊子在大城市生活，二菊子在农村生活。她们不常和巧玲在一起，所说的话可信度是值得怀疑的。四菊子与巧玲都在一个小区，天天见面，时时聚聚，几乎形影不离，四菊子的话是可以听听的。

四菊子说，谁说巧玲灵巧伶俐，我要和他们急，说着说着，四菊子还举出了例子。有一次，巧玲用自行车带着她去逛街。在东岳庙附近，四菊子看到好友大雪，跳下了车，打了下招呼。结果巧玲竟然不知道，自顾自地将车子骑走了。过了一条街，才发现四菊子没了，又返回来找。四菊子说，巧玲巧吗？我看是傻、呆、笨。四菊子还说，巧玲有一次背着女儿去商贸城买东西。走时，很酷地戴上眼镜。在小区门口，看门的王奶很诡异地朝她笑了笑。巧玲没有和王奶寒暄，急急地骑着车子走了。一路上，巧玲感觉到很多路人时不时地朝她看。她以为今天的这身装扮迷人，还极为潇洒地将秀发捋了捋，甩了甩，颇为得意。直到商贸城后，女儿下车一抬头，问她，妈妈，你的眼镜片呢？她这才发现，自己的眼镜右侧的镜片不知啥时候没有了。哈哈，就她这个马大哈，你说她灵巧伶俐吗？

正说着，巧玲的先生凑过来了。他嘿嘿一笑说，巧玲是巧呢。那回，她喉咙发炎，不宜多说话，她谨遵医嘱。我让她去府市口手机充值店给我充50元话费，人家聪明伶俐，在家里用一个小纸条写上我的手机号码和所充话费，带着钱来到了充值店，将纸条、钱给了人家。人家问她，她不说话，用手指了指纸条。充完后，店员手指一竖，做了一个OK的动作，她误以为人家只充了30元，连忙说，我给的是50元，充50元。店员突然大笑，我以为你是哑巴呢。原来，她的一举一动，让店员以为她是一位聋哑人，所以，充值无声，最后还摆个OK的造型。

我嘴抿不住了，也笑了。看来，巧玲之灵巧伶俐有喜感，她显拙的背后是不是大智若愚呢？哈哈！

坡道起步

临近八月，徐教练通知我到黄河驾校参加实践考试。说真的，我是个书呆子，理论考核我总是没得说的，实践能力却出奇得差。因为我的动作协调能力实在不敢恭维，尤其是坡道起步一项，不考试，我都紧张。“陡坡之上，一片迷茫，我的心好不慌张……”凤凰传奇的《月亮之上》被我“演绎”成了经典的“考试乐章”。

来到废黄河畔，看到树木葱茏，我深深吸了一口气，妄想松弛一下紧张的神经，可心跳得像兔子在舞蹈，就是平静不下来。是啊！这毕竟关系到自己能不能拿到驾照的问题。听说，这次考试挺严的，不过关的，除了要参加“九大项”学习考核外，还要补交若干的学费。

胡乱思考之间，徐教练拿着进场名单要我们排成一队，准备考试。当喊到我的名字时，心不禁一紧，慌得很。走近考车，看到考官是一个微胖的警官。他笑眯眯的，看面相，挺和蔼的！可我却轻松不起来。我总觉得他那双炯炯有神的眼睛此刻如同一个摄像头在时刻盯着我。我的一举一动在这双眼睛之下仿佛已置于狙击手的枪口下。

考试开始了，我按照考试的要求和徐教练面授的“机宜”，先观察车身前后的环境，再轻启车门，钻进车厢，系好安全带后，按照“一踩（离合）、二挂（挡位）、三拨（转向灯）、四看（后视镜）、五按（喇叭）、六放（手制动）……”的动作要领徐徐启动车子。整个过程应该算完美吧！但我心虚，忍不住用余光扫了一下考官，他并未颔首表扬，只是瞟了我一眼说："不要紧张。"语言中既没有激励，也没有批评。我想：是不是我额头上渗出的丝丝细汗让他感觉到了我的慌张。我装着镇定，轻轻点了一下头说："好的。"在这"摄像头"面前，我既不敢多说，也不敢少说，努力不犯错就够了。

陡坡终于到了。师兄师姐师弟师妹们早就告诉我，这个陡坡是全程最大的陡坡，也是考试第一个关口，你可要好好应付。唉，"是福不是祸，是祸躲不过"。我挂上挡，加大油门，知难而进，冲了上去。冷不丁，考官说："停车。"我打了一个激灵，踩下离合、制动。真倒霉！坡道起步让我碰上了。此时此刻，车子停在半坡之上，前不见尽头，后不见大道，我的心悬在了半空。我努力安慰自己，不要紧张。大脑像电脑一样开始搜索驾校教材和平常徐教练讲解的各种要点。踩上离合、制动后、挂空挡、拉起手制动……不过今天可真奇怪了，在我轻抬离合，车身已经抖动，右脚亦已从制动上移到油门上加油后，车子竟原地不动。想到考官此刻也许正瞟着我的一举一动，我的心更加慌了，额头上也不由自主地冒出一滴一滴的汗珠，并且正在往下坠落。油门加大，车子抖动得更加厉害，我的心也与车子疯狂地共振，抖动得越加厉害，而车身依旧纹丝不动。

这时，坐在一旁的考官望了我一眼，平静地说："该挂挡啦！"

影缘如戏

夜半时分，好友朱洪辉发来几帧照片，如沉香的酒，醇，醉。

看洪辉的照片，每每莫名的激动。

洪辉喜静，他不像某些摄影师“咔嚓咔嚓咔嚓”拍个不停，他喜欢找感觉。也许，半天不见动静；也许，躲在一角；也许，抽一支烟……但洪辉的心一定在动，是翻江倒海式的动；脑一定在动，是掀起巨澜式的动；眼一定在动，是顾盼流离式的动……洪辉真的动时，也不见动，只见他轻举镜头，轻按快门，只是一个轻，一个按就足够了。

喜欢静的洪辉——镜头里也是静的。或是清晨，或是黄昏；或是山林，或是寺庙。虽有些寂寞，但绝无惆怅。是心定神闲的那种，似笼在黛色屋顶的烟霭，润湿，寥廓。那寥廓，似海湾畔巨石上打坐的僧侣，合十间，冥思中，任凭飞浪逐岸，吾思故吾在，密密地思着往昔，思着今生，思着来世，在广袤的空间里静静地自由地衍生。

喜欢静的洪辉也喜动。这几年，或是北国，或是南疆；或是戈壁，或是海岸。南来北往，动如脱兔。鄯善的驼铃带着黄金般的砂砾，行万里，向远方。山海关伸向大海的手臂挽起的是世界，是千古。大剧院、小舞台，街市、村头……那化了妆，扮了相，立在时空里穿戏袍的女子，是等待，还是送别？“留你也匆匆去/送你也匆匆去/然则……送你罢！”这是剧，也是诗。诗中的别，果真如此轻易么？轻易得像方玲珑的宣纸，只半点墨痕，足以力透纸背，泪湿长衫。

岁月已晚，恍惚百年。

是古运河，是勺湖，抑或是萧湖……一篙划过，水痕轻漾。水是绿的，舀一瓢，冷冷然泛着绿意，从河底里孤独滋长的绿意。水，又是清的，凌波照影的清，惊鸿一瞥的清。湖嘴岸头，是方正的褐色的砌石。石缝里湿滑的青苔，细细软软，像穿戏袍女子的青丝。

是淮安府署，是状元府邸，抑或是花巷的石板街……红色的灯笼在古居的屋檐下，次第亮起来。回廊九曲，暮色氤氲，微风入夜，檐鸣瑶珮。镂花的木窗，斑驳的朱漆，幽深的庭院，静谧着。“咿咿呀呀”，决绝清远的声响，从窦娥巷传来，从竹巷街传来，从桐园传来……断然会让人的泪涔涔而浪浪地落下来。泪是镇淮楼檐下挂着的一道雨帘，被繁华的灯火映着，霎儿莹白，霎儿彤红。泪落在漕运总督遗址的石础上，带着戏袍女子温润如玉的香。

戏袍女子的戏袍贴着清瘦的肩胛，轻盈的腰肢，如窗檐的风，似夜里素颜的昙花，惊现绝世芳华，清绝，孤寂。而那些纸上烟岚，笔下风情，总出现在许多邂逅、许多错过之后。唯有，戏袍里裹着的前世苍凉的等候，妖娆地开在老淮安的街巷里，仿佛一首袅袅婷婷的诗，一阙平平仄仄的词，一抹错错落落的胭脂，一曲幽幽咽咽的短笛。

洪辉的人是戏，洪辉的眼睛里有戏，洪辉的镜头中全是戏：总有桃花夭夭，总有垂柳依依，总有青石板上镌刻的陈年旧事。

洪辉拍摄时喜欢等，那么，就等吧！等暮色淹没整个庭院，等烟雨笼罩整个长淮，等桥下清波凌凌开，等桥上行人缓缓归，等到白发若雪，等戏袍开出一朵妖娆的花来，而这花，妆成薄媚，浸染心扉。如梦，如水。

那么，洪辉呢？

也许，在守着一台相机，守着一台沙哑的旧唱机，守着一帧自己拍摄的老照片。

爱是正道

父亲

“那是我小时候，常坐在父亲肩头，父亲是儿那登天的梯，父亲是那拉车的牛。忘不了粗茶淡饭，将我养大，忘不了一声长叹，半壶老酒。”父亲节的清晨，我静静地听着降央卓玛的《父亲》，静静地想着远在乡下的您——我可亲可敬的父亲。

七岁的时候，父亲便离开了我嫡亲的爹爹奶奶，过继给他的舅舅家。那是一个贫穷的小村庄，尽管他的舅舅、舅妈（其实，我应该称呼为舅爹、舅奶。但我出生后，一直喊爹爹奶奶）关爱有加，但依然改变不了生活的艰辛。不仅父亲记得，我也曾记得小时候：爹爹奶奶常将一个蒲包高高吊起在门后的一角。那时，我常呆呆地想，里面会是什么呢？在那过得皱巴巴的日子里，蒲包充满着神秘、充满着希望。在物资匮乏的年代，我想童年的父亲一定和童年的我一样，希望弄清楚爹爹把什么好吃的东西放在里面，悬在上面。每每想及此，那巴巴的眼神又浮现在眼前。

俗话说，穷人的孩子早当家。父亲二十岁左右就参加了集体劳动，还担任了生产队的记工员，后来，又学了木匠的手艺。有了我和弟弟后，即使生活再艰苦，父亲、母亲总是把最好吃的留给我们兄弟俩。我记得，那时候米少，一般人家中午最高档次的饭菜就是玉米饼。而我，却总能吃到用瓷缸专为我炖的米饭。那个“特供”的米饭饱含了父亲多少的爱，又曾吸引多少小伙伴的羡慕目光啊！当到了上学的年纪，父亲发誓要节衣缩食地供我上学。在当时的社会条件下，这不失为一条跃出苦难的捷径。但清贫的家境和我不上不下的成绩，使得美好的梦想与冰冷的现实之间总是隔着一段生硬的距离，一直到中考，我还是败下阵来。当我万分沮丧时，父亲鼓励我拿起木匠的家伙和他走村进户。尽管我才十五六岁，但一样能爬上房顶钉椽子，拉起锯子打棺材。辛劳的背后不是手上多了的血泡，也不是臂膀多了的酸痛，而是多了一分无奈的心力交瘁。略有空闲，我便怀念起上学的生活。于是，默默地拿起课本阅读。父亲看在眼里，他托四叔找人，一定要我复读。他是实在不忍泯灭我——也许是他自己的希望。这样的情况下，我便只剩下加倍的努力和痛恨自己进步太慢的焦灼。此时的父亲却仿佛找到了他最好的状态，在不辞辛苦的奔波和看不到尽头的劳作之余，我的每一点微不足道的进步，总被他放大若干倍，像重大节日一样记在心头，继而又转化为下一轮劳作的无尽动力。所以当我第一次知道甘之如饴这个词时，第一时间想到的便是父亲，便是我们一家人在那段苦难岁月里的相依为命，便是我自己在那个不堪回首人生阶段的笑声和眼泪。

父亲不是一个善于表达的人，他对我们的爱都点点滴滴撒播在生活的每一个细节中，这份爱因平淡而没有亮色，因过于零碎而难觅踪迹，我们自己也因为常在其间而显得麻木。在迄今为止的回忆里，最让我不需回忆的便是父亲在劳累之余点燃一支烟的情景，它让我真切地感受到父亲在承受生活的重担。如今，母亲常责怪父亲烟瘾太大时，我却阻止母亲，我知道这是拙于表达的父亲面对生活的一种思考、一种承担。

在多年的努力后，我终于以优异的成绩考上了一所省属重点师范。我不知道这菲薄的收获能不能算上对父亲多年劳苦的一点名正言顺的回报，但我分明感受到父亲显得异乎寻常的高兴，他把那个装着录取通知书的信封捧在手里一遍遍地抚摸，一次次地对我说这已经不错了。

记得，当时要办理农转非户口，其实，家里的麦子已经卖了。他到亲戚家借麦子交给粮站，以便办理户口手续。那时，他的脸上始终洋溢着笑容，寡言的他也经常大声讲话。我不知道，这是不是压抑太久之后的情感在快乐地释放。

我去师范报道那天，父亲亲自去送我。他穿上了平时最好的衣服，尽管在繁华的小城里依然显得寒酸，但这却是一份深沉的爱，这份爱紧紧地跟随着我。这天上午，我带着父亲在这个我尚不熟悉的校园尽情地走了个够。我们慢慢地走，轻轻地谈，没有放过这个被称作象牙塔的地方的每一个角落。我知道这是父亲的一个梦，一个可悲可怜又可叹的梦。现下的我能够做到的只是这些，我不在意别人的目光，因为这就是我们的生活，虽平凡但高贵，虽捉襟见肘但不容忽视，因为我们都坚信流泪撒种必欢呼收割，而这校园就是我们奋争路上一个满载着希冀的小小驿站。我们有充足的理由来坦然地享受，尽管在欢乐的同时有那么一丝若隐若现的苦楚。下午，我送父亲回家。走出校门，父亲就不让我送了。他一遍遍地嘱咐我要与人为善，不厌其烦地唠叨着要我学会照顾自己，最后又掏出一沓零碎的钱给我。我知道我无法拒绝，在父亲眼里，我还远没长大。他离开校门，向车站走去，就在那一瞬间，我看到父亲转身而去的背影，这背影在如织的人群中是那样的渺小与无助，人流的交错中，这背影渐行渐远，终于从若隐若现归于虚无。可我心中的那个背影却越发清晰起来，我第一次感到一阵难抑的酸楚，眼泪终于还是忍不住流了下来。我擦掉眼泪，因为父亲从来不让我在人前流泪，他说这是一个男人的底线。在我心中，这底线和他的背影一样有力，我注定永远都不可能逃离，因为它已经幻化为我绵延一生的背影，这背影温情却有力，朦胧而久远……

“总是向你索取，却不曾说谢谢你。直到长大以后，才懂得你不容易。每次离开总是装作轻松的样子，微笑着说回去吧，转身泪湿眼底。”是啊！人生路上，亲情是最持久的动力，是最真的陪伴。唱起筷子兄弟的这首歌，再一次感受父亲的点点滴滴，让心感受温馨安慰。在人生的每一个路口，父亲是我清晰的路标，永远指引着我成功的方向。

母亲的针线笸箩

清明前，一生辛劳的大妈永远地离开了我们。清理她老人家遗物的时候，倏然，一件陈物映入了我的眼帘。我定睛看去——这不是绝迹多年的针线笸箩吗？这针线笸箩一下子勾起了我的回忆。

我清楚地记得小时候我母亲也有一个用细柳条编成的针线笸箩，笸箩是个直径二十厘米左右、高七八厘米的小圆匾，里面常常放着剪子、小锥子、顶针，长短、粗细不一的缝衣服的小针、缝被子的大针、纳鞋底的粗针，各色缝线以及各色的大大小小的碎布头。在针线笸箩的底下还有本书，里面夹着全家人的鞋样花样。

自我记事时起，就知道母亲和我的几个婶娘手都很巧，我们小时候的衣服都是她们帮我们做的。从采购布料、裁剪、铺棉花，到缝制、锁扣眼，针针线，密密缝，亲力亲为，精心尽力。尤其是大妈手更巧，她还会做虎头鞋、虎头帽，把我们几个孩子打扮得漂漂亮亮的。

小时候，最深的印象是炎热的夏季，母亲和婶娘们总是坐在树荫下不停地纳鞋底；寒冷的冬季，即使夜深了，母亲和婶娘们还在飞针走线地为我们兄弟姐妹们赶制衣服。那个年头，我们很少穿过成品衣、成品鞋，就连廉价的袜子和手套也是母亲和婶娘们一针一线缝制而成的。母亲和婶娘们做这些针线活的时候，我经常围着她们的针线笸箩打转，母亲和婶娘们有时会轻抚着我的头感慨地说：“假如你是女孩该有多好呀，长大后也好帮做些针线活儿。”遗憾的是，母亲只生了我和弟弟，膝下无女，那些做不完的针线活儿，看来我们兄弟俩是帮不上忙了。

在母亲的针线笸箩里，有一只不显眼的顶针，上面布满了或深或浅，或大或小的针眼窟窿。这只顶针在尚不富裕的那个年代，经常套在母亲的手指上，就像今天的“戒指”。可它不是母亲的首饰，而是母亲缝补的工具。特别是纳鞋底时，这顶针作用可大了。纳鞋底时，只见母亲从笸箩里掏出顶针套在指头上，纫好线，母亲左手擎着厚厚的鞋底，右手拇指和食指紧捏着钢针，针头扎入鞋底，钢针的末端顶在顶针的小窟窿上，用力一顶，针头就穿过鞋底，在那头用力一拽，线就穿过鞋底。有时，针发涩，顶针也顶不过去，就用钳子在那头用力拽；有时，针头会不小心扎到手指，母亲的手会猛地一震，伸出手指，殷红的血就淌了出来，母亲把手指放在牙齿上轻轻咬针眼处，然后，擦掉血迹，没事人一样，继续埋头做针线活；有时，用力过猛，线会深深地勒进手指，眼看着要破皮，出血丝了，母亲也只是一笑。成年累月的操劳，母亲的手指越来越粗糙，而我们那时却从没挨过冻，虽穿过补丁摞补丁的衣服，但心里却是温暖的。

提到纳鞋底，不得不说说糊“骨子”，因为我曾为糊“骨子”的事让母亲大怒。那年那日，为了做鞋底，母亲将做衣服剩下的边角料从针线笸箩里找出来，然后，就一块接一块地摆在我家的长方形桌子上，用小麦面熬的粥作黏合剂，一层一层地黏起来，黏三四层后，将一侧的桌腿抬高，准备放在太阳下晒干，等干了后作为鞋底鞋帮的原料。可惜我太调皮，和小伙伴们玩耍时，我一时激动，竟然将母亲花了半天时间好不容易糊的“骨子”掀翻了，母亲气得当时就拿起树枝满庄地追赶着我打。我怕得一直到太阳落山了，也不敢回家。后来，母亲再糊“骨子”时，我老实多了，不敢再调皮了，还常常帮母亲找几块布，用浆面黏在一起。“骨子”干了后，帮母亲从针线笸箩里找出旧书夹着的纸鞋样，固定在已变得硬硬的“骨子”上。看着母亲画好轮廓，裁剪好之后，做成鞋底的里子。想到母亲上下用新布垫衬，四周包边，缝在一起，一双鞋底就成功了，仿佛已经穿到了自己的脚下，感觉又舒服又暖和。

现在，生活条件好了，我生活在城市里，每当经过商场或是专卖店，看到琳琅满目的时尚的品牌服装，就情不自禁地想到了母亲。尤其是这次看到了针线笸箩，更引起我对母亲的愧疚之情。因为这些年，工作在外，很少回老家陪陪母亲。看到针线笸箩，想到母亲曾经的日夜辛劳，想到了她对子女亲人无私的关爱。我要永远铭记这些，我要回家，我要看看针线笸箩，我要永远孝顺母亲。

站在窗口的岳母

陪妻去看岳母，还未到楼上，就瞧见门已经打开，岳母正笑盈盈地站在门口等我们进门。这样的情况可不是一次两次，只要岳母在家，几乎次次是这样。

我很好奇，难不成岳母有心灵感应，知道我们要来。我问妻，你事先打过电话？妻摇摇头说没有。后来，在一次家庭聚会中，我无意地说起这件事。和我住在一个小区的三姨子说，她每次去也是这样。平常住在市区，周末回来的大舅哥叙述得更为具体。他的车子只要进了小区，老母亲就知道了。

岳母已经90岁了，虽然她耳聪目明，但绝不至于有千里眼，有顺风耳吧。我忍不住问岳母，您老人家居住在三楼，怎么知道我们来看您的。岳母淡然地说，我不是站在窗口望着你们上来的嘛。

啊？原来岳母一直站在窗口。站在窗口的岳母，这么多年来每次都是这样在楼上看着我们归来，又是这样目送我们离开。我们不知道，我们真的不知道我们的背后始终有一双老母亲的眼睛，不知道天地间，有这样的爱，如高古之琴，不动弦，不出音，却令草木低眉，万物莞尔。

我很愧然。这些年来，忙于工作，忙于生计，我们为老人家做得太少。即使不是这样，也总有一些借口，忽略了对老人家的关心。我们的目光常常关注子女甚于关注长者，子女都是心里的宝，父母常常成为一棵草。老听说，子欲养而亲不在。而亲在时，我们在哪里？

想到这里，我对妻说，今后，我们多陪陪老人家吧！帮她洗洗衣服，陪她吃吃饭，或者单纯地与她聊聊天也行。就像小时候，父母对我们那样。说这话时，我的眼前又浮现出岳母，她站在窗口，在看我们远去和归来。

有岳母站在窗口，我们归来时，内心暖暖的；远去时，脚步踏实。我知道，人生路上，有位银发老人在看我，目光中充满鼓励与温情。感受到这目光，我做事就会三思而行，就会想到肩头的责任，就会一定将事情干好。因为不管我在哪，都会觉得岳母在看我呢。

我有一个好妻子

妻子有一个最大的特点：处事淡泊。妻子的淡泊绝不是违心做作，而是天性。与妻结婚时，在单位里我是个浑身充满热情和锐气，跃跃欲试地想要在仕途上混出个样儿的人。于是，那带着功利色彩的工作动机，时常搞得自己情绪飘忽不定。领导的一句表扬会使我沾沾自喜，不知所以；而一句批评又会使我背上沉重的精神包袱，一蹶不振。而妻总是一脸平和，每每规劝我，患得患失要不得，尽自己的努力干好本职工作足矣。妻的达观和从容，平衡着我那不时失衡的心，使我渐渐排除杂念，踏踏实实尽职尽责。

以后，由于看惯了世态百相。对一些看领导眼色行事，搞拍马溜须的人，我便愤于心，处之远；对一些谦谦之君，我便走出去，邀进来，与之交心。每当这时，妻便送我一束喜悦和赞许的目光。我的“进步”，邻人朋友都夸，我则说这是妻的功劳。

妻的淡泊，还在于自己处事。老家常有乡亲进城，妻总是热情得像春风，融化了或是远房亲戚，或是小时候一道玩耍的朋友们的生怕受冷落的心。对于乡下来人，妻总是把饭菜做得可口而实惠，临走时还送出大老远。妻的真诚和善良，曾多少次感动得我那些淳朴的乡亲热泪盈眶，她的口碑在我们周围特别好。

妻在工作上也是踏踏实实。好多次，我看到她在单位总干着别人不愿干的粗活。说实话，这年头像她这样默默无闻的人已经不多了。

以前，我曾有过给妻调换工作岗位的想法，让她轻轻松松，可她坚决不同意，她说什么事都得有人干，我只好作罢！

妻就是这样，不攀名利，不慕浮华，和我静静地呵护着我们的家。由于工资有限，直到现在妻仍没有一件上档次的服装；由于我的“无能”，直到现在仍没有过上“荣华富贵”的生活。对此，我常常感到对不起妻，可妻却对这样的生活甘之如饴。我常想，今生能有她与我厮守，该是一大幸事。我又想，普天下人若都能淡泊过日子或工作，那该多好！有这想法，也缘于我有一个好妻子！

我很傻

想哭的时候一个劲儿地哭，想笑的时候一个劲儿地笑。这有什么不可以？冲动起来关上门窗，熄灭灯火，拧开音响，独自坐在屋里听音乐，任凭声音震天，我自泰然。神经么？我很傻！

闲来无事，买一包烟，买一瓶酒，待到深夜，买几块钱猪头肉，抽一支烟，喝一杯酒，吃一点猪头肉。奇怪吗？我很傻！

休息了，把自己锁在家里，门敲得再响也不去开，待睡得满满的8小时，再走出户外，锻炼锻炼，跑几圈，抡几下杠铃，搓几下皮肤，即便吁吁作喘，脸被搓红搓疼，也在所不惜。纳闷么？我很傻！

逛街排队购物看上一件时装，不懂装懂，假作斯文，大侃特侃，评头论足，终以略低价购进，走出店门，方知不合算，但绝不后悔，盖因为：我很傻！

那日同事相聚饮酒作乐，为了少喝几杯酒，大脑冒出了古怪的念头，询问大家怎样才可不喝，众人哄笑说：“承认是女同志即可！”一拍即合，愿当此重任。缘于此：我很傻！

那日亲戚来家做客，送我礼品，接过来左看右看，仔细欣赏，说声：“谢谢。”没有推推让让，没有一番客气状，的确是：我很傻！

陌生者来访不愿说半句恭维话，在朋友面前从不曾“沉默是金”，我信奉：我很傻！

某“大官”要我去采访，我却讲跟你素不相识，并未谋过面，对你并无了解，为何要宣传你？话刚落，才忆起：我很傻！

同事结婚，闹新房，喝喜酒，我很是激动，忙里忙外，镁光灯闪处，觉得颇有情调，照片晒出才知自己“抢了主角”“喧宾夺主”，叹了口气：我真傻！

也曾干出一些名堂，也曾不止一次炫耀，也曾不止一次自满，也曾不止一次被人“暗害”，也曾不止一次尝到生活的艰辛，仍改不了本性，做事风风火火，不谙世故，自认为：我很傻！

公共汽车上看见一位妇女背婴孩，十分尊敬，十二分感动，请坐着的“小胡子”让位子，不料险些被打，多危险：我很傻！

是什么时候在精美的日记本上写下：你就是你，那份真诚那份执着何时被善待被理解的呢？果真是：我很傻！

有种感情叫思念

那个寂静的夜晚，我伴着孤灯独坐桌前，透过窗子凝望夜色的苍茫。本无啥意境，却总被一种感情牵引至遥远的一隅：那方的人，那方的物，那方的事便倏地置于眼前，令我好生向往。想的次数多了，便不能自已，想回到那方土地看看，倘若不能成行，这种感情便如丝如缕，令人焦躁不安，魂牵梦绕。

其实有什么好想的呢？都是同样的土地、同样的蓝天、同样的太阳。可感情却好像总是对我说，那方土地上的人，那方土地上的事，那份浓郁的情，唯有生于斯、长于斯的人才能体会得到。因此，我常怀着这种感情、带着这种爱，披着憔悴的面容，沾着旅途的尘埃，踏上熟悉的那方土地，一切却平淡得很！我不得不怀疑这种感情是不是我自己所故意制造的骗局。

韶华几度，岁月流年。数年后今晚，我又坐在了熟悉的桌前，透过窗子凝望夜色的苍茫，不禁想起如烟的往事，想起几年来辛苦的人生，想起琐事上的纷繁，不禁潸然泪下。岁月蹉跎，我真不明白人到底该怎样生活？曲曲折折，世态百相，才感觉往日的那种感情确很珍贵——父母迎出了门，弟弟握着我的手……也许，这种感情就叫思念。

品尝百味

最忆美味是豆腐

今年，是奶奶去世二十周年。碑前祭拜时，忽然想到她老人家在世时，每逢过年，小叔都给她写一副对联：天天大米饭，日日豆腐汤。那是改革开放初，人们的生活还很困难。一年到头，很难得吃几次肉。寻常见的，是称上二斤豆腐，买上几张百叶，烹制后，美味便飘满全庄了。小叔的对联，也许是奶奶寻味美食的最美好的向往了。

别说喜食豆腐的奶奶，其实，那个年头，豆腐、百叶也是我们每个人的向往。在乡下，谁不熟悉村头卖豆腐的叫卖声。或是挑着一担豆腐，或是用独轮车推着一板豆腐，或是用自行车背着豆腐，伴着脆生生的叫声："卖豆腐哟——"需要买的大人、小孩，呼啦啦地，拿着盆，拿着大碗从村子里每一个角落里钻了出来，围了上去，数着钱，划一块或大或小的豆腐，喜滋滋地端回家。接着便听大人们许是吩咐小孩，许是自言自语，许是与别人拉呱："拔两棵葱，剥几头蒜，割些大蒜叶子烧豆腐！"说话的那一刻，村庄仿佛弥漫出一种豆腐葱花蒜叶的清香味道……

或是家传，我自小就像奶奶一样喜欢品尝豆腐。

当然，小的时候吃法比较单纯，要么是小葱拌豆腐，要么是烧豆腐。拌豆腐简单，将豆腐用开水焯一下，切成小碎块，掐来几根小葱，洗净切碎，放盐拌匀一下即成，此为农家风味，白绿分明，清爽可口。有语云：小葱拌豆腐——一清二白。既点明了做人应该清廉正直，不能糊糊涂涂过日子，又说清了这道菜的简约实惠。烧豆腐比较复杂一点，首先是与什么烧，然后是怎么烧，穷日子也讲究极致。虽然家里没有上档次的食材，但把仅有的材料拿出来组合好，也挺重要。我最喜欢将豆腐煎炒得黄黄的，外焦里嫩，再放进大蒜叶子炒。这道简易的大蒜叶子烧豆腐，我吃了四十多年了，初心不改，依然回味无穷。还有一种组合，是与腌制的雪里蕻烧，放上一些葱蒜，也是很多人的最爱。条件好的时候，是烩。将豆腐切成丁子，与山药一起烩，有营养，很好吃。

长大后，读了书，看了世界，才知道，小时候我品尝的方式有点愧对豆腐了。豆腐做法实在是太多了，出版的食谱菜谱中，列举豆腐菜肴制作的方法不下数百种。就烹制而言，就有炒、煎、炸、炖、腌、炝、拌、冻等不同种类。袁枚的《随园食单》上记载的豆腐菜，有蒋侍郎豆腐、杨中丞豆腐、张恺豆腐、庆元豆腐、芙蓉豆腐、王太守八宝豆腐、程立万豆腐、冻豆腐、虾油豆腐，共计九种。我没吃过，也没有见过。

我吃过的名豆腐只有一种，那便是平桥豆腐。据说，乾隆皇帝吃过。相传他下江南时，乘龙舟路经千年古镇平桥。当时有位名叫林百万的大财主，命家厨用鲫鱼脑子加老母鸡原汁烩平桥当地的豆腐款待乾隆。乾隆品尝以后，连连称好。从此，鲜美可口的平桥豆腐便不胫而走，从此誉满大江南北，成为淮扬菜系里的传统名菜。我是20世纪90年代在平桥听了这段故事后，请做平桥豆腐最负盛名的菜花香的大厨为我烹制的。那是一个晚上，我在大厨旁，亲眼看着他用原汁鸡汤（没有乾隆吃的鲫鱼脑子），加上蟹黄、葱、姜等佐料，煮沸后，将切得像瓜子一般去卤的豆腐和熟肉丁、虾米、酱油一起放进锅里。烧开之后，用菱粉勾芡而成。那晚，品尝完平桥豆腐，我早已是飘飘欲仙，宛然是乾隆皇帝了。

这两年，我受领导委托，与陈大春校长一起筹建淮安市关天培小学。为了研究家乡先贤、民族英雄关天培，我搜集和学习了很多史料。一日，读到资深文史研究者徐爱明先生的文章《中外名人与平桥豆腐》后，得知平桥豆腐曾为关天培在外交上对付英国人义律做出过贡献。那是鸦片战争前夕，鉴于林则徐、关天培禁烟的强硬态度，英国驻华商务总监义律气急败坏地从澳门跑到广州商馆，不安好心地请关天培吃饭。他除了请关天培外，还请来其他国家驻广州领事馆的领事，其目的就是要当着各国领事的面，出一出这位禁烟铁腕人物的洋相。主菜上完后，他特地奉上来一款点心小吃“冰激凌”，关天培虽然早有戒备，但对这一款却不明就里，也学着那些领事，挑了一勺放入口中，哪知那是冰，差点冻掉了所剩无几的几颗老牙。不过，关天培终究是武将，耐力非凡，还是忍辱负重地吞下了。俗话说，有来不往非礼也。关天培知道上了义律的当，尽管心里不痛快，但还是装着若无其事的样子，邀请义律及各国领事第二天到提督府做客。也就是在次日，他摆设答谢宴。这是常礼，义律及各国领事自然会答应的。他来广州时带的三个随从中有一家厨，他特意让家厨做淮安名菜“平桥豆腐”，当客人到来时，每人一碗，放在客人的面前，他还很热情地介绍了一番。关天培一边介绍，一边拿起汤勺，邀请义律及各位领事品尝。义律尽管心情不好，且有防备，但作为当时的“日不落帝国”的领事，他总是以其他国领事的头自居的。所以，这吃豆腐，他是不甘落在其他领事之后的。当然，另一个原因大概是那碗“平滑如凝脂，白嫩赛西施”的豆腐，诱惑力太大了。义律拿起勺子，便一勺入口，没想到的是直烫熟了整根舌头和腮边皮。外交场合是要尊严的，为了不出丑，他只好忍着，那豆腐在嘴里打转。然而，这豆腐的油是滚开的，哪是皮肉所能忍耐的。最后，他终于受不了了，“哇”的一声，全部吐出来了。关天培用平桥豆腐惩治义律，并不单单为报那“冰激凌”一冰之苦，而是要让义律及英国列强知道，中国人不是好惹的。

此后，再吃平桥豆腐就不仅仅是味蕾之乐了，那是品尝精神，品尝文化了。

是啊！古人曾咏豆腐“一身清淡七分水，通体晶莹四面光。富贵贫困皆厚爱，人人称其菜中王”。是不是“菜中王”，我说了不算。如果你有空，你可以来淮安寻味。如果在家中，我们可以品品家常豆腐；如果去饭店，我们可以去平桥菜花香、得月楼，在名店品名菜，领会领会平桥豆腐的风情。看看他年以后，你最忆的可是寻常的豆腐？回味之余，你可否感觉到豆腐的清白是否像极了你的人生？

舌尖上销魂的猪头肉

接到好友兆文电话时，正茫茫然地躺在床上。

尽管今天是“20200202”，一个特殊的日子，一个幸福的日子，一个应该寄托好多心愿的日子！

因为新冠病毒，让我，让好多像我这样的人蜷缩在家里。自元月下旬以来，我就是这样，自己隔离自己，吃饭、睡觉，睡觉、吃饭，……周而复始。将好端端的新年过得了无生趣。虽然我没有任何毛病，但我要避免碰到钟南山院士说的那个病毒。

兆文电话来得及时，他约我乘着假期写一写美食——淮安的猪头肉。你看，这题目出的！不知道我姓咸么？咸猪头！哼！淮安的美食多如星辰：乾隆爷品尝的“平桥豆腐”，巾帼英雄梁红玉发现的“蒲儿菜”，可以当乒乓球一样打的“钦工肉圆”，更别说第九届全国人大常委会副委员长许嘉璐专门研究过的“软兜长鱼”，还有顺河卜页、朱桥甲鱼、博里羊肉……为什么不写这些呢？不过，静下来，仔细一想，虽说淮扬美食甲天下，但唯猪头肉是百姓平常小餐桌上最常见的下酒之吃食，它也许未登大雅之堂，但在淮城，猪头肉不仅是美食，远近飘香，也是风景，远近闻名。尤其季桥咸猪头肉，更是名动九州，风靡大江南北。

其实，美味也是蛰伏在脑海中的一个强大的“病毒”，它与许多独特的记忆相契合。一旦记忆开启，这“病毒”就会迅速释出刺激腮腺，顿时让你味蕾大开，口舌之欲迅速膨胀，随之十指连动，唇齿狂舞，众味绕舌……只有大快朵颐平复了“病毒”，骚动才能像羽毛般又轻轻地回落到记忆的心田。

此刻，提到季桥猪头肉，我的眼前仿佛出现了一个腌制好了的猪头。虽没烫洗、切割，但我分明感觉那猪脸上挂着莫名的笑意。瞧！那猪拱嘴、那猪耳朵、那猪舌头、那猪脸肉……说得我馋涎都下来了！

不过，你可别说我好吃！好吃猪头肉这一口的前辈如过江之鲫。多得很呢！宋朝的文学大师苏轼不仅喜欢吃猪头肉，他还亲自煮，更难得的是专门写下了煮猪头的笔记：“净洗锅，浅著水，深压柴，头莫教起。黄豕贱如土，富者不肯吃，贫者不解煮，有时自家打一碗，自饱自知君莫管。”（《仇池笔记·煮猪头颂》）从这段话中也可看出，大师苏轼煮猪头有方法，吃猪头有情境。“自饱自知君莫管”，道出的不仅是吃猪头肉的情态，更是人生的情致！当然，对煮猪头、吃猪头有记载的绝不是苏轼这一人。清代乾嘉时期性灵派代表人物袁枚在《随园食单·猪头二法》中也进行了记述。一曰：“洗净五斤重者，用甜酒三斤；七八斤者，用甜酒五斤。先将猪头下锅同酒煮，下葱三十根，八角（即茴香）三钱。煮二百余滚，下秋油（酱油）一大杯，糖一两，候熟后，尝咸淡，再将秋油加减。添开水要漫过猪头一寸。上压重物，大火烧一炷香。退出大火，用文火细煨收干，以腻为度。烂后即开锅盖，迟则走油。”二曰：“打木桶一个，中用铜帘隔开。将猪头洗尽，加佐料，闷入桶中，用文火隔汤蒸之。猪头熟烂，而其腻垢，悉从桶外流出，亦妙！”袁枚或蒸或煮，风味自解，自得其乐，各有擅长。

然，苏轼、袁枚所记偏重煮，吃的记述不多，要靠我等想象。前几年，我读的一些大师写的文章里，倒有不少与吃猪头肉相关的：丰子恺在《缘缘堂随笔》中写他在杭州和老友吃猪头肉，“一斤猪头肉，每人照例是一斤老酒”。鲁迅先生的胞弟周作人，写了一篇《猪头肉》

的美文："在摊上用几个钱买猪头肉，白切薄片，放在干荷叶上，微微洒点盐，空口吃也好，夹在烧饼里最是相宜，胜过北方的酱肘子。"当年，周家是绍兴的大户，有条件让周氏兄弟过着惬意的"猪头肉生活"："早起喝茶看报了，出门赶去吃猪头。"摊上荷叶，一看便是江南的味儿。而"吃货"汪曾祺先生也爱吃猪头肉，他认为在夏日的黄昏，就着猪头肉喝二两酒，拎个马扎到一个荫凉树下纳凉，该是人生莫大的享受。他还在作品《故里杂记》里写了一个生活寒苦的侉奶奶，一年到头喝最糙最糙的米煮的粥，只有过继过来的侄儿来了，给她带一个大锅盔，她才会上街，到卖熏烧的王二的摊子上切二百钱猪头肉，用半张荷叶托着。另外，还忘不了买几根大葱，半碗酱。娘俩结结实实地吃一顿山东饱饭。当代的莫言在《檀香刑》里讲刘大爷的儿子因喜得贵子，请了贵客李武，奉上一盘猪头肉，李武嫌饭菜粗鄙，大发牢骚一通，说是腥臊烂臭的瘟猪肉，孙丙满心恼怒，伸手就把李武面前那盘猪头肉拖到了自己的面前，只管把那些四四方方、流着油、挂着酱的大肉，一块接着一块地往嘴里塞去。一边吃一边呜呜噜噜地说："好东西，好东西，真是好东西！"

是啊！大师的文章里，百姓的嘴里，猪头肉的确是个好东西。我的同事徐洪筛经常对约他吃饭的人笑言："猪头肉、花生米，直笑！"意思是，吃的时候，只要有猪头肉、花生米，他就很高兴了！想想也是，淮安人爱吃猪头肉，好吃猪头肉，卖猪头肉的门店与摊子尤其多。我们这一代人，谁不记得几家卖猪头肉的门店或摊子。虽然，猪头肉摊点都是近乎雷同的展柜，陈列的也都是雷同的猪心、猪肝、猪肺、猪尾巴、猪蹄等，当然猪头肉是主角。但每每经过，熟悉的香味扑面而来，那晶莹剔透、颜色红润、挂着油花、热气腾腾的猪头肉，一次又一次地勾起人的食欲。

当年，在淮安区，最著名的"猪头肉四大天王"是胡记猪头肉、王记猪头肉、振鹤猪头肉、刘五猪头肉。其实，淮安区好吃的猪头肉远不止这四家。比如西门大街老淮中对面的李记熟食的八珍猪头肉，太清观街南头的王家猪头肉，礼字坝向南200米北门大街上的老班猪头肉，竹巷街东头的吴记熟食的猪头肉，南门菜市场对面路边的沙家猪头肉，老西门大街、金画士巷、河下街、下关街上都有为人称道的猪头肉。同样，淮安区的乡镇也是如此。平桥镇北头丁家卤菜的猪头肉、博里镇紫荆路新街小吃张小喜家的猪头肉、流均迷龙桥纪家猪头肉等都很出名。

不过，这些门店或摊子卖的都不是咸猪头肉。要说咸猪头肉，首屈一指的当属季桥咸猪头肉，那可是淮安猪头肉的“半边天”。

淮安人常言：“有钱没钱，腌个咸猪头过年。”但，季桥咸猪头肉的这个腌，可不是谁都能腌好的。我是季桥的女婿，经常去季桥，曾多次询问腌制季桥咸猪头的大师傅。他们告诉我，咸猪头腌制时间非常讲究，只有当地气温在0摄氏度上下的时候才能开始做。在季桥镇，每到冬至前后，有条件的家庭或饭馆才会开始腌咸猪头。要想腌制好，一定要选好质量的猪头，淮安本地产的黑猪头是首选，先把猪头上毛拔干净，清除猪头厚皮沟槽里的污垢，洗净后将猪头劈开，再把猪头肥肉用刀划开便于腌透。咸猪头有两种腌制方式，分为卤水法和干腌法。盐用的是淮安当地出产的井盐，搓盐擦搓位置相当关键，有经验的师傅在把猪头两面搓匀后，还会对眼耳鼻等厚实的部位单独加盐。搓好的猪头放入一口大缸。用于腌制猪头的缸，是类似于制酱用的广口大缸，一口缸一次可以腌猪头80个。卤水腌制法的猪头，在缸内静置两天后，倒入10多种调料配制好的汤汁，继续腌10天。如果是干法腌制，入缸后的猪头每一层之间都会撒入葱姜、花椒、茴香等香辛料，加酒后封口，干腌法需要腌两周左右。这期间，还要不断“倒缸”，上下层的猪头互换位置，以便入味。腌制结束后，是咸猪头产生独特风味和口感的最后一关——风干。在看似晾衣架的铁丝架子上，腌制好的猪头一字排开，借助低温和冬季干燥的空气，腌肉逐渐变干。

吃季桥咸猪头肉时，也很讲究。先将猪头用水煮沸后，把头锅水倒掉，再重新放入清水炖煨至酥烂，以筷子轻戳动为准，捞出剔骨切块，盛入盘中即可食用，装盘上桌的咸猪肉色泽透明、晶莹剔透。装盘的肉也很有讲究，要包含猪口条、猪耳朵、肥头肉、瘦头肉、猪拱嘴等各个部位。不同位置，会产生不同口感，在咸香的味道里体会酥糯绵软。当然，这些类别可以炒着吃，也可以跟着别的蔬菜炒着吃，还可以冷盘直接食用。吃这样的咸猪头，肥而不腻，让人唇齿留香，回味绵长。如果，此刻，你一边吃，一边弄两口老酒，一定非常过瘾。

据说，季桥人烹制咸猪头已经有一百多年的历史了，春节前家家户户都腌咸猪头过年，但真正登上大雅之堂也就是近几年的事。它在淮安淮扬菜美食文化节的影响和带动下脱颖而出，虽然没有美丽的传说，也没有动人的故事，却远近闻名，每有外商来此，指名要品尝咸猪头肉，还有很多食客也专程到季桥来吃咸猪头肉。

猪头肉销魂，季桥咸猪头肉更销魂！倘若，你想体验销魂的感觉，来淮安，来季桥吧，品尝品尝猪头肉，品尝品尝季桥咸猪头肉的香味！也许你的舌尖之香，隽永之味，可以点燃酒兴，引发诗意，或许，季桥咸猪头肉同样可以作为年的故事与精美的生活细节悄悄地爬过你的心头。让你对年充满了期盼，对日子充满了期盼。也许，舌尖上销魂的猪头肉正是年的幸福未曾流走，正是你的期盼来到心头……

下关全牛宴

下关有全牛宴。不过，我没吃过，也未见过。当然，听过。

过去，听谁说的，记不清了。

现在，经常听下关老王说。

老王，光头，贼亮贼亮的那种。初识他时，我有点怵他，一直觉得他是《上海滩》中混社会的某类人。但看人不能光看面相，老王面相有点“恶”，心却善得很。正如他自己所言：我出生在下关，下关乃古之“雄镇”，淮安著名“五坝”（仁、义、礼、智、信），下关独占仁、义二坝，是谓“仁义昭日永世亨昌”之地。下关人素来“崇仁重义”。他说的这一点，我倒是看出来了。从他与陈勇发起国内首起众筹出版的《下关史话》，我就感受到了。更不必说，他们发动下关村民，配合村党支部书记蔡峦及两委班子启动建设了全市第一家主题文化社区——仁义下关主题文化社区；拿出600平方米社区用房，建设下关历史文化展览馆、下关书画艺术展览馆；成立淮安区历史文化研究会下关分会、淮安下关书画院、淮安区书法家协会下关分会、淮安区美术家协会下关分会、下关新时代文明实践站；面向社会公布《红色下关·革命前辈名录》，公布《仁义下关历史十大代表人物》……做了让人不敢做，甚而不敢想的事。

这也正是老王经常在我面前说全牛宴的原因。

老王说我工作在下关土地上，又是文人，从来没见我为仁义下关写过一篇文章。他说，如果我写，就请我吃一顿全牛宴。你看，在老王的心中，我“好吃”，还没“节气”，甘为“全牛宴”而弯腰。至此，一见面，老王就拿全牛宴说事。后来，朋友们都知道了，也都想“沾沾光”，为了一顿全牛宴，真是劝说者众啊！

其实，吃不吃全牛宴真的不重要。了解了解偌大的淮安市，为什么传承数百年的全牛宴会独以下关的最为著名，这个极为重要。

我缠住老王，且听他的分解。原来，这与下关的历史、地理、经济、文化是分不开的。据史料记载，公元前486年，吴王夫差开凿了沟通长江和淮河的邗沟，下关附近的末口与淮河相接。明洪武四年(1371)，朝廷开辟辽京贡道，设淮安递运所于下关，下关成为南船北马的交通枢纽之地、商业集散中心，文人幕僚、巨贾富商云集。不仅如此，下关自古以来尚武之风盛行，习武之人多以牛肉及其汤汁滋补体能，体格强壮远近皆知。当然，更多的是下关坊的青壮年除经商外，大多充当纤夫或“盐搭手”(搬运工)，辛苦的工作也需要牛肉及其汤汁滋补体能。这些催生了屠宰业、饮食服务业，逐步形成独具下关特色的全牛宴。

这不，没有拆迁前，下关有一条南北向的小巷，名叫宰牛巷。它南起下关大街，北至沿路街，长约200米。此巷虽不大，也不长，但它的名气却很大——因为淮安人餐桌上的牛肉绝大部分来自这条小巷。据说，下关宰牛业在先秦两汉时期已经萌芽，隋唐时得到较大发展，明清两代达到繁盛。民国时，宰牛巷日宰牛近百头。康姓、徐姓、丁姓、宋姓等宰牛大户名冠淮安。改革开放后，下关的宰牛业更是闻名。提到下关牛肉，苏北几乎无人不知，无人不晓。在长期的屠宰过程中，下关人还积累了活剐杀牛、绳绑杀牛、扭角杀牛、钉脑杀牛等方法。不同的杀法杀出来的牛肉颜色、味道不一样。比如，钉脑杀牛牛血全在牛的毛细血管里，牛肉就显得又红又嫩，而活剐杀牛的牛肉最为鲜美。

淮产烹淮菜。在宰牛杀牛的过程中，屠宰户、厨师，甚而是普通百姓在牛身上，从牛吻到牛尾，自牛眼到牛蹄，从牛肉到牛骨，再到牛内脏，除了牛毛、牛蹄壳、牛角不能吃外，都能做成精美的佳肴。渐渐地，他们以牛身上各个不同部位的牛肉以及器官为原料进行烹制，并做成一桌菜，谓之为全牛宴。传说北宋的苏东坡路经淮安就曾经品尝过全牛宴，还即席吟了一首打油诗：“无竹令人俗，无肉使人瘦，不俗又不瘦，竹笋炖牛肉。”还有人说乾隆当年下江南，见下关镇的村民多面色红润，神采奕奕，尤其是一位百岁老人银须飘飘，端坐在门口的石凳上翻晒胡须，犹如神仙一般。乾隆甚是好奇，便上前作揖，请教老人的养生之道。老人说：“老夫年轻的时候是个屠户，整天在下关中市口宰牛卖肉，哪懂什么养生之道喽，只是家境贫寒，每次宰牛后，都将好肉卖与客官，自己只是啃些牛尾，吃些牛杂碎，以骨头炖汤度日而已。”乾隆悟出其中道理，回京之后命御膳房把一头整牛制成上百道菜，供其享用。乾隆吃了全牛后，感觉记忆力大大增强，而且晚上牛劲十足。龙颜大悦，挥毫赐书：“南巡淮安，品醉全牛。强身健体，劲道十足。”

老王说，这些都是传说，不足为信，但下关的全牛宴确实是有的，而且经过多年的烹制及创新，全牛宴早已在淮扬菜中脱颖而出，自成一席。随着时代，走出了下关，走出了淮安，走向了全国。

老王讲，全牛宴的整席原料全部由牛制品加工而成，再辅以五谷杂粮、蔬菜水果加工烹制。全牛宴中最具代表性的菜肴有：五香牛肉、鲍汁牛眼、雪菜牛尾、胎盘菊花饺、牛鞭大三元等。五香牛肉讲究“三精三绝”，即选料精良，绝不搭次；配方精贵，绝不省钱；制作精细，绝不省工。此外，在卤制技艺上，还讲究“三味”，即旺火煮味、文火煨味、余火焖味。这样制作出来的五香牛肉才既有嚼劲，又入嘴即化。鲍汁牛眼是全牛宴中的一道美菜，牛眼下锅灼烧至五成熟，起锅冷却，用刀切成片状，锅烧热放油，香叶、豆蔻、白芷等与牛眼一起下锅翻烧，放水烧开，转中火。牛眼八成熟时加入鲍汁，调味，勾芡起锅。雪菜牛尾是全牛宴中不可或缺的一道菜，牛尾下锅灼煮一会，撇净沫子，沥干，斩成段状，下锅翻炒后，再加入干辣椒、姜、葱、香辛料等红烧，加水用大火烧开转小火。腌制的雪里蕻用清水泡一会，切碎，下锅炒干水分，放进八成熟的牛尾锅里，大火烧开转小火至熟烂起锅。牛尾香腥，雪菜清香，色泽油润，肉烂汁浓，鲜美醇厚。胎盘菊花饺则是先清净牛胎盘后，用水煮熟沥干，切成丁状，与灼好的菊花脑一起放入锅中，加调料炒制成馅，包成饺子。牛鞭大三元是由牛鞭、黄鳝段、猪尾（下关全牛宴正常用野生大黄鳝，正宗淮黑猪尾巴）这三样主料制作而成，用锅把牛鞭与猪尾煨熟，切成段状备用，紫砂煲加入牛鞭与猪尾汤烧开后，加入牛鞭、猪尾与灼好洗净的黄鳝段一起小火慢炖，加入少许黄酒、葱白段、姜片、野山椒、枸杞，滴入几许熟豆油，炖好后，洒入麻油、胡椒即可上桌。

听君一席话，胜读十年书。老王就是老王，告诉我的都是真知，这全牛宴是该见识见识了。也许，等我们战胜了这场新冠病毒疫情后，老王真的会安排一顿全牛宴。届时，你可愿意与我一道去一睹全牛宴之“芳容”？

全鳝席

翠和嘉华大酒店推出了淮安全鳝席，震动了古城。

参与策划并提供理论支撑的爱明先生在朋友圈不遗余力地宣传推广，他发出的一张张秀色可餐的图片及一段段诱人的文字瞬时惊艳了我的眼睛，芳香了我的味蕾。馋虫在九宫图上徘徊，涎水以气势磅礴的姿态湿润着虽然大腹便便但依旧饥肠辘辘的我。

周日，爱明在晚报上再次以整版推出《清末民国时期的淮安全鳝席》。是可忍孰不可忍，我立即留言：可以品尝了。爱明好客，直接电话我：今晚，全鳝席。我要的就是这三个字：全鳝席。

鳝鱼即长鱼，全鳝席即以鳝鱼为主料，烹制各种菜肴，又称长鱼席、长鱼宴。想着爱明全鳝席的气势磅礴，别具风味，我的心情大好。一天里，脑间、心中、眼里全是一条条游动着，充满灵性的鳝鱼。我在想，爱明的全鳝席有一百零八样吗？爱明的全鳝席会不会是《清稗类钞·饮食类》中记载的八大碗、八小碗、十六个碟子、四个点心呢？爱明全鳝席的烹调技艺是烧、烩、炒、炸？还是熘、煸、炖、煮？还是煎、氽、炝、拌？我无法想象，只能充满期待。

天尚未晚，也就在下午五点左右吧。好友老王来电话。说爱明专门请他来陪我。这个老王是个猫儿嘴，鼻子灵呢。哪儿有好吃的，从来不会少了他，还说来陪我。难道我品尝全鳝席时，你不吃，只负责望么？心里这么想，嘴上我没说。总得给老王一个面子，否则，他今后还能见人吗？于是，赶忙转换了语气，说道：“感谢阁下相陪，此生没齿难忘！”老王很受用，笑的分贝高了许多，像京腔。笑定，一改往日的顽皮，颇为正经地说：恭候！恭候！

来到翠和嘉华，陆陆续续，人也齐了，爱明让服务员赶紧上菜。时间不长，软兜长鱼、煨脐门、生炒蝴蝶片、大烧马鞍桥等等最负盛名的全鳝席的名菜就上来了。我连忙拿出手机拍摄照片，爱明一笑，说，吃吧，吃吧。我说，醉翁之意不在酒，对于全鳝席，我不在吃，而在于长见识。

爱明说，我这就给你介绍介绍，让你见识见识。他用筷子夹起一段长鱼说，这叫大烧马鞍桥，又称红烧马鞍桥，因长鱼段与猪肉合烹，形似马鞍桥而得名。这道菜，选用的都是十分粗壮的长鱼，斩头去尾，只取中段，每一小段约一寸半左右，一条鱼只能切出6段左右。在鱼背上还要剞花，刀口要直达鱼脊椎骨，不能将鱼肉切断也不能将腹膜切破，这样剞过的鱼段，不仅能使猪肉和调料透进鱼段深处，而且烧熟了的长鱼段，肚皮往两侧微微张开，形似马鞍，所以美名马鞍桥。他又夹起另一个盘子里的长鱼说，这叫软兜长鱼，是我们淮安人厚待客人最喜欢上的菜。何为“软兜”？有的人认为，指夹这道菜时筷子从中间搛起，两端垂下，像小孩子的肚兜；还有人认为是一种烹饪方式，指制作时有一道勾芡的程序，一定要把调料的味道全部沾裹到鳝条上去，而且要保持鳝条的嫩度，就是柔软，即使开始煸炒时，鳝鱼肚皮是硬的，此时也要在芡汁中回软。以芡汁作为托底将鳝条软软地裹兜而起，是谓“软兜”也。不过，前几年，许嘉璐先生将“软兜长鱼”正名为“淮安软脰”。他在淮安迎宾馆就餐时，把“软兜”的“兜”字改为“脰”字，旁注“项后也”，划去“长鱼”两字，还在菜单上写上“脰”字源流：“脰，古语古字也，首见于汉代《说文解字》，犹存于淮语中，可贵也。然今人多不知，此‘兜’字代之，误名也，今为之正之。”最后，他在菜单上又写了“淮安软脰止此家，亚非拉美誉中华”

之高度评价。

听着爱明的高论，品着长鱼的美味，不禁赞叹全鳝席的独领风骚。难怪当代诗人丁芒在品尝了“软兜长鱼”后，写诗赞曰：软兜长鱼透骨鲜。诗人赵恺以“似流水、似丝绸、似一声叹息”来形容“软兜长鱼”。著名教授季镇淮先生则深切地记得古镇河下的著名鳝鱼馆——宴乐饭店，认为一百零八样的长鱼席“妙极了”。

爱明说，《清稗类钞》的记载使淮安全鳝席首次登场，民国年间，淮安籍的银行家朱邦献、谈荔孙、周作民、顾翊群、许福昞、胡仲文、杨毓璋、沈京似等以及淮安籍的官员助推了全鳝席走向全国。对于这一点，我很感兴趣。朱邦献、谈荔孙、周作民是我们学校前身江北慈幼院的创始人，他们的助推让我这个后来者在品尝全鳝席时品出了自豪。

都说“小暑鳝鱼赛人参”。今日即小暑，来，让我们搛起鳝鱼，齿颊生香，强身健体，永远健康。

襟上旧痕

母亲的手擀面

我喜欢吃面条，吃各种各样的面条。有淮安的阳春面，北京的炸酱面，镇江的锅盖面，兰州的牛肉拉面……小康生活好，物产丰富。这不，面的浇头也让人目不暇接。什么青菜面、鸡蛋面、肉丝面、拆骨面、长鱼面、腰子面……应有尽有。每当我吃起这些面的时候，虽然味蕾在享受，但脑海中却时常回忆着小时候母亲给我做手擀面（那时叫切扦面）的情景。

印象中，做手擀面的季节大多在夏天。那时候，窄窄的锅屋分外闷热，尤其是到了中午，屋里就如同一个小小的蒸笼。每到这个季节，父亲总是在巷口，搭一个凉棚。我们都躲到凉棚里舒服地享受“穿巷风”，唯独只有母亲，在锅灶旁专心地制作手擀面。

和面是制作手擀面的第一步。常见母亲先取出面粉，倒在一个瓷盆里，然后加上水，调好，反复地揉，把那面揉得光光的。我一直不明白手擀面在家乡为什么叫作扦面。一次，我在观察母亲反复揉面的过程中，顿悟到这反复地揉不就叫扦么。为了确保做出的手擀面有劲道，母亲每次都将面揉得干硬结实。

擀面是制作手擀面的第二步。母亲取出父亲专门制作的那根擀面杖，那根擀面杖与我差不多高，胳膊般粗。母亲将和好的面团放在桌子的中央，个头不高的母亲踮着脚尖用擀面杖用力碾压着面团，一边碾压，一边转悠面团，使面始终保持一个圆形。擀面杖随着母亲双手的节奏，后退一点儿，又前进一点儿，后退一点儿，又前进一点儿。面团渐渐就变成了一块圆饼，越来越薄，越来越大，直到一个浑圆的大面团变作一只锅盖大小的薄饼。然后整齐地折叠起来，随着有节奏的“咔咔咔”的声音，母亲用锋利的菜刀快速地切出绵长、均匀的面条。最后，如同表演戏法一般，母亲用手抓起面条中间前后一扯一抖，一瞬间均匀的面条就有序地散落在桌子上。这时，我总是闻到淡淡的麦香味从长长的面条中散发出来。

其实，制作手擀面真的是个力气活。制作时，母亲的脖子上经常放着一条毛巾，随时准备擦拭脸上即将滚落的汗珠，背心也常常被汗水浸透，紧紧地贴在身上。那时，我便偷偷溜到母亲身后，奋力为母亲摇着大蒲扇，母亲总会惊喜地回过头来，很欣慰地露出笑容，然后把我再赶回到凉棚里。

煮面是制作手擀面的第三步。煮面时，柴火燃烧的红色火苗亲吻着锅底，等待着锅里的水慢慢烧开。“三滚的饺子两滚的面，”母亲说。下面条很讲究火候，下的时候先要大火，这样不粘锅，盖上锅盖，小滚后，掀开锅盖，用筷子将面条挑开，再一个大滚，面条就可以出锅了。面条出锅前，还要准备好浇面的汤。那时，家境贫寒，没有酱油，没有醋，也没有味精什么的，浇面的汤也就是将自家做的酱和拍好的大蒜瓣混合在一起。

吃面了！只听见从锅屋里传来母亲脆亮的一声招呼——“吃饭啰”，我们便一窝蜂涌进屋，搬桌椅，拿碗筷，然后端坐在凉棚下的桌子前，热切地等待着母亲端出大盆的面，等待她盛到一摞小碗里，挨个儿放到我们眼面，我们浇上汤，望着平整匀称、细腻光滑的手擀面，吹吹热气，吃到嘴里，香到肚里。尽管简单，但手擀面的劲道和爽口让我们至今还唇齿留香。

一晃，近四十年过去了。如今，好日子像芝麻开花节节高，但却再没有在家里做过手擀面。虽然街上许多小吃店里也有手擀面（又叫杠子面），甚至一些超市里还卖新鲜的手擀面，但我始终找不到幼时吃母亲亲手做的手擀面的那种欢欣和渴望。

我经常回忆母亲的手擀面，也许是在回忆小时候生活穷困而拮据的温馨，也许是在体会父母那一辈人给予我们勤劳勤俭、持家过日子的品格。那时，虽然清苦，但真的欢乐。现在日子好了，我们吃的穿的都不可同日而语。可是，在你的记忆里，是否还时常回味着母亲的手擀面？手擀面是否还是当初的味道和情怀？你的心灵，是否留有一角手擀面的回忆？在酷暑天里，如一汪清泉，如浓浓绿茵，清凉冰爽着母亲的夏天！

母亲的炒面

母亲进城了！她已经三年没来我家了。这次，实在是想她的孙女，抛下了一年到头都做不完的农活，义无反顾地来了。母亲来时拎了一个方便袋，带了一些简单的换洗衣服，藏在换洗衣服下面的是一个塑料袋。母亲说，那是给我的礼物。我连忙打开袋子，一阵麦香扑鼻而来。原来是炒面！母亲知道我好多年没吃这东西了，是不是想让我回味回味儿时的味道。

我犹记得小时候，每到六月六那天，母亲总会起得特别早。在锅屋里把铁锅洗净擦干，拿起瓢从面袋子里取出小麦面，倒在锅底，用锅铲子均匀地摊开。然后母亲一边烧火，一边用锅铲子翻炒面粉。当时，我和弟弟年幼，帮不上忙，只能围着锅台看着、等着。母亲曾告诉我，炒面是个技术活。要用小火烧，火不能太大，火头大了面就会炒焦，吃起来会苦；火候不够也不行，面炒不熟，难吃。那时，气温较高，外面刮风，烟囱不出烟，锅膛里烟雾沉沉的。看着母亲站在热锅旁，拿着锅铲子，不停地炒，慢慢地翻。她额头上布满了汗珠，身上穿的衬衫已被流淌的汗水汗湿了。直到面粉炒到微黄色，散发出独特的麦香味，母亲才不炒了。

闻着炒面的香味，我们围在锅台前，早就馋涎欲滴了。母亲看着我和弟弟的馋样，赶忙拿出瓷碗，给我们先铲小半碗炒面，然后用小汤勺子从糖罐子里取半勺白砂糖放上，接着用大勺子浇上半碗开水冲泡。母亲说，拌炒面也有学问，水加多了，炒面就成了糨糊；水加少了，又会有干面，只有冲得不稀不干才好吃。我按照母亲说的用开水边冲边搅拌，慢慢搅匀，搅成了糊状，黏黏的，稠稠的，用筷子夹了一点放进嘴里，顿时便有甜甜的、软软的、浓郁的麦香沁入心脾。搅拌好的炒面，颜色像蜂蜜，我们兄弟俩一人端一个碗，用筷子打圈儿一点一点地挑，吃在嘴里香香甜甜，好吃极了。

我一边吃着炒面，一边问母亲，为啥六月六吃炒面？母亲摇摇头说不知道。直到后来我上师范了，在网上查了查，才发现各地有各地的说法。

淮安的说法和龙王老爷有关。传说很久以前，淮安东门外不远处是大海，每到农历六月初，四海龙王就在黄河（现在为废黄河）入海口玩，初六这天比赛行云降雨，老百姓因此而遭殃，黄河年年倒堤，大水中死人无数。当时苏嘴街东边有个清水塘，塘边有个何家庄，庄里有个叫何善姑的姑娘。这年六月六，男人们又上堤去了，女人们在家做饭，何善姑想啊，应该给男人们带些方便携带、不会馊、又好吃的东西，家里只有粗麦面，她就把面粉放在锅里炒，炒啊炒啊，炒得好香好香。天上的龙王刚一出来，就被这香味吸引了，找了一上午没找着香是从哪儿来的，就上天上去告诉了玉帝。玉帝屈指一算，知道是何善姑干的，玉帝也怪馋的，马上召何善姑上天给他炒面吃。何善姑上天后，每年六月六这天就炒面给四海龙王吃，让他们高兴，忘记比赛下雨的事，这样人间六月六的大水也就清除了，淮安从此也就不再受水灾。为了纪念她，淮安、连云港一带在六月六就有了吃炒面的风俗。

山东的说法与柳下惠有关。柳下惠是春秋战国时期人，孔子在《论语》中，称柳下惠是一个品德高尚的人。孟子说："柳下惠，圣之和者也。"所以，千百年来被人们称为"和圣"，尊为"百事之师"。据说，柳下惠母亲的生日正是农历六月初六，受人尊重的人物的母亲自然也同样受到人们的爱戴，一般百姓没啥好东西，但这时正是刚收完小麦的季节，人们就把刚打下的小麦，用锅炒熟，磨成面，送到柳下惠家里，给他母亲祝寿。后来，这一天吃炒面的事就流传了下来。

河南封丘的说法与爱情有关。古时候，黄河岸边有一个小村庄，村里有一对年轻人。男的叫水生，女的叫慧姑。两人从小青梅竹马，互生爱慕之心。还没来得及提亲定亲呢，黄河发了大水，县令让全县的青壮年男子都走上黄河大堤，日夜不停地加固堤防。因为是在夏天，环境潮湿，饭菜容易发馊，再加上蚊虫叮咬，没多久，这些民工就都拉起了肚子。慧姑心疼水生，就给他炒了一些白面，面炒过以后，不容易坏掉，而且用开水一冲就可以食用，非常方便。六月初六这天，慧姑把炒好的面送到了大堤。水生吃了慧姑送来的炒面，腹泻竟然奇迹般地好了。大家听说后，纷纷效仿。于是，“六月六，吃炒面”这个习俗就流传下来了。

当然，关于民间六月六，吃炒面的习俗还有好多种说法。比如，河南的汝南、上蔡一带，六月六要吃炒面，据说是为了纪念岳飞。因为当年岳飞收复蔡州(今汝南)时，当地老百姓曾拿炒面慰问抗金将士。比如，北宋六月六是“天贶节”，吃炒面是为了祈雨，以求风调雨顺。

现今，“六月六，吃炒面”的习俗渐渐淡薄。倘不是母亲带来炒面，也许当年家家户户都炒的炒面也在我的记忆中消失了。毕竟生活好了，吃炒面的人少了。现在的人即使吃了炒面，也吃不出我儿时的味道来了。他们不像我，我品尝母亲带来的炒面，更多的是在品尝童年，品尝家乡。童年时日子穷困，母亲做的粗茶淡饭也能让我吃出别样的美滋味、暖滋味、幸福滋味。品尝炒面，我想到了歇后语：“六月六的炒面——正办（拌）”。我想到了童年的一幕幕：也许是清晨，也许是黄昏，我们围坐在院子里的小木桌前，你一筷我一筷地挑着炒面吃，边吃边说边笑，头顶上是枝叶茂密的树，绿绿的树叶上面，是蔚蓝的天空，那种感觉，现在想起来仍然很温馨，也很幸福。品尝香喷喷的炒面，我顿悟，炒面是故乡的符号，炒面里面是满满的故乡的味道和母爱的味道。

难忘儿时葵花籽儿香

走在农行干校门前，我总看到炒货店里的机器转个不停。花生也好，葵花籽儿也好，一会儿便被炒得香喷喷的。这不禁使我想起儿时那些与葵花籽儿有关的事。

我出生在20世纪70年代初，那时葵花籽儿对于我们来说还是奢侈品。吃的比较多的是爆米花、炒米团，花生、葵花籽儿也有，但显然贵一些，不是我们农村娃经常能享用的。不经常享用绝不是不享用。我清楚地记得我上的小学门前摊子上有个卖葵花籽儿的老人，用一个酒杯装葵花籽儿，2分钱一酒杯。有时为了“短斤缺两”，还将大拇指嵌进酒杯口，这样卖出的葵花籽儿便少了些许。这样的小摊子出现的地点比较多的还有那个年代的社场，社场即农村的晒谷场。那时，经常会在社场放电影或搞些演出活动。放电影也好，演出也好。每次都是满满的人流，不少人一定会买点葵花籽儿嗑，一边嗑葵花籽儿一边看露天电影或演出，那感觉，爽！

我们吃的葵花籽儿全是在沙土锅里炒出来的。如今，炒货到处都有，还有难以数计的炒货店。可是，当年，我们小的时候，吃的葵花籽儿都是自家锅里炒出来的。为了让葵花籽儿炒的又熟又香，又不炒煳，于是在锅里放上沙土，炒葵花籽儿时，燃起文火，眼不离锅、手不离铲地来回翻转。沙土吸收热量后，又传递给葵花籽儿。葵花籽儿在热乎乎的沙土里不停地翻炒，把沙土里特有的那种味道全给糅进去了，不一会儿，葵花籽儿熟了，香了。葵花籽儿渗进了沙土那种纯天然的香气，渗进了天地灵气、日月光辉赏赐给人们的那种自然、悠然、淡然。我们嗑上葵花籽儿，这种香气又全都融入到我们的舌尖上了。

其实，炒的是乐趣，吃的却是温情。尤其是与大人们在一起吃葵花籽儿时，大人们总是将剥好了的葵花籽儿送到孩子们的小手或嘴边，看着孩子们吃得那股子高兴劲儿，都会会心一笑。我印象颇深的是母亲给我剥的葵花籽仁了。那时，母亲总是将剥好的葵花籽仁用方格手帕包着，鼓鼓的有一小捧，不懂事的我是不会谦让一下的，拿起来，三下五除二，一边吃一边夸赞：好吃。母亲则是不停地嘱咐：不急，不急，好吃再给你剥。现在想来，那时那刻，挟裹着沙土味道的葵花籽儿里边，当有多少土地的温度啊，又有多少母亲沁人心脾的温暖和熨帖啊！

后来，条件好了一些。过年时，家家户户都能吃上最喜欢的葵花籽儿了。拜年的时候，这家抓上一把，放在口袋里，那家又抓上一把，放在口袋里。年拜了一路，葵花籽儿吃了一路。葵花籽儿实在是多，口袋里装不下了，来年干脆带个方便袋或书包，这下子“丰收”了。包里有葵花籽儿，有爆米花、大糕、果子、水果糖……回来后，还要一一分拣。虽然繁琐，但真的很幸福！过年好啊！那段时间无论走到哪里总能吃到葵花籽儿，不必再和以前一样舍不得吃，而是甩开腮帮子直到嗑得口干舌燥方肯罢休。一直到正月十五，半个月的狂吃的的确确让我们过足了瘾。

再后来，葵花籽儿有了味道。甜的、咸的……我记得有一种葵花籽儿是用塑料袋装着的，五香的，特好吃，经常会看到有小伙伴去小店里买上一包五香的，美美的拿着葵花籽儿总是舍不得吃，只是用牙小心翼翼地咬开一角，一手拿着，一手抠出几个慢慢的嗑着品尝，尽量地让那份香甜陪伴自己久一些。

一晃，人到中年了。童年的那份葵花籽儿瘾早已不在，对葵花籽儿也渐渐远离淡忘了。再吃起葵花籽儿，虽不是童年的那种味道，却让我回到了魂牵梦萦的童年，回味无穷地咀嚼着儿时对葵花籽儿的那种情感。

茶瓶粥与茶缸饭

说来已是人到中年了，与父母在一起的时间却总是那么少。小的时候，父母带着弟弟随着改革开放的春风回到故乡创业，而我与爷爷一直生活在出生地。后来，长大了，在外求学、工作，与父母在一起的时间更少。倒是这一次，一辈子没挂过水的父亲住院，让我与父母有了时间，好好待在一起。待在一起就有了回忆。母亲说，我小的时候，家里穷。那时候，没有米吃。偶有几斤米，都是给我准备的。这一说，我的思绪立即回到了四十多年前，立即想到了当年我的“专利”——茶瓶粥与茶缸饭。

我不知道茶瓶粥与茶缸饭是谁的独创，在我家也许是爷爷奶奶。所谓的茶瓶粥，就是用热水瓶煮的稀饭。父亲说，茶瓶粥的制作方法有两种，一种是头天晚上睡觉前，抓上一把米，洗干净后放入热水瓶，再冲上滚开的开水，塞上瓶盖；还有一种方法是将煮好的米粥直接灌入热水瓶中。我们家米少，采用的是前一种，这种粥抵饿。茶缸饭就是在茶缸中放上洗净的米和适量的水，然后放到锅灶的余火里炖熟。

当年，爷爷奶奶把全家最好的待遇给了我。最初，我见到茶瓶粥与茶缸饭，如同见到美味佳肴，打开瓶塞或盖子，总是先闻一闻扑鼻的粥香或饭香，然后盛到碗里，细细地品尝，最后甚至把碗底都舔了一个底朝天。后来，几个月后，也许是我不愿意吃“独食”，也许是年龄小，容易“见异思迁”，竟然不愿意吃茶瓶粥与茶缸饭了。记得那时正值夏天，我们家与邻居家吃饭时，都将桌子放在巷口树荫里。开饭时，我经常不好好享用我的茶瓶粥或茶缸饭，而是眼睛瞄上了邻居家桌上的玉米菜饼。家里人没办法，只好拿我的茶瓶粥或茶缸饭与邻居家换。为此，母亲常说我笨。现在，想来也许是隔锅饭香吧！

与父母聊这件事的时候，母亲说："当年能吃到这样的茶瓶粥或茶缸饭已经很不错了。"是啊，这茶瓶粥或茶缸饭寄托了一家人对我多少的疼爱啊！我倏地有了一种想法。回家后，用洗净的糯米、莲子、冰糖，放入热水瓶中，灌上热水。可第二天食用时，虽然香甜爽口，可再也不是四十年前所煮的那种茶瓶粥与茶缸饭的味道了。

看来，真正意义上的茶瓶粥与茶缸饭的味道已如乡愁，只能留在我的记忆中了。

京城“第一宴”

天下美食派系众多，“南甜北咸东辣西酸”，各地口味各具特色，但其中最令我难以忘怀的，恐怕仍要数小兄弟宋伟在北京宴请我的京城“第一宴”了。

这一说，又是十几年前的事了。当时，学校初创信息中心，我担任首任主任。为了尽快打开通向教育现代化的大门，经领导同意，派虽是普师专业，但有信息技术爱好的宋伟、陈小田先后赴中国传媒大学学习视频的摄制、编辑等技术。在职培训不同于在校学生，生活很困难，吃住都得自己解决。我记得，住的最苦的是陈小田，他和很多认识的、不认识的人租住在一个破旧的地下室内，睡觉的空间只有一个人宽，上方还有一个粗粗的不知是水管子还是气管子，让人压抑得不敢抬头。还记得，他隔壁住的是洋人，黑黑的，彪形大汉。每到夜半时分，都会莫名发出一些怪怪的响声，恐怖得很。宋伟居住的地方好一些，我曾专程去京城看过他。“他乡遇故知”的宋伟极为热情，要在京城与我“大撮”一顿。我甚是感动，心中也极为期盼他招待的这京城“第一宴”。

过去没有人在首都北京请我吃过饭。但京城的吃，名闻遐迩，我是知道的。电视连续剧《大宅门》中有这样一个情节：中华人民共和国成立初期，工人们要求增加工资，七老爷白景琦和他当共产党员的孙子占元因对此事意见不同而发生争执。为了缓和情绪，白景琦提出和占元到外面去吃饭，占元说他请客，去鸿宾楼，白景琦却摇了摇头说："去门框胡同吃爆肚儿。"于是，爷孙俩高高兴兴地在前门门框胡同"暴撮"了一顿爆肚儿，那香、那痛快，真让我在电视机前看着眼馋。吃爆肚儿这"一口儿"只是小吃，其实，北京许多的名菜馆我也是知道的，如全聚德、便宜坊、宝华寺、忠信堂、玉华台等等，而且，我还知道这些名菜馆里的美食杰作，有全聚德、便宜坊的烤鸭，忠信堂的油爆虾、盐焗虾；玉华台的水晶虾、汤包、甜汤核桃酪，厚德福的铁锅蛋、瓦块鱼、核桃腰，致美斋的锅烧鸡、煎馄饨、爆双脆、爆肚，东兴楼的芙蓉鸡片、乌鱼线、虾籽烧冬笋、糟蒸鸭肝等等。我不知道善良敦厚，常仗义疏财的宋伟请我吃什么。

华灯初上时，我没有任何谦让，随着宋伟的一声招呼来到了中国传媒大学对面的菜馆。我一看，不是什么名店，心里坦然多了。我喜欢美食，但很害怕别人破费太多。小店嘛，估计简单，我放心了。在菜馆里，宋伟点了一份茶树干炒肉丝，里面还有一些蘑菇什么的，还有两小碗米饭，两小碗汤。服务员说够我们吃的。我甚为疑惑，能够么？菜上来了，是一个钢锅，里面堆满了红红的小辣椒，辣椒上面便是茶树干、肉丝、蘑菇了。嗯，挺香的。刚端上来，香气便扑鼻而来。宋伟说，吃吧！看得出，他饿了。只见他，夹起一大筷子，一下子全放进嘴里，完全不顾形象。可转眼间，他龇起牙，咧起嘴，只喊辣。我不信，也夹了一小筷，还真辣！不过辣得香，好吃。于是，我们一边吃着菜，一边吃着饭。很快辣得不行了，赶紧喝汤，尽快把嘴中的辣过走。可一小碗汤不够我们三口两口的，我们叫来服务员，让他继续上两碗汤。奇葩的事发生了。服务员说，这汤是与饭配套卖的。买一碗饭，才可以买一碗汤。没办法，买呗！记得这顿饭，最后是以我们俩共买了8碗饭和8碗汤顺利结束。肚子吃撑了，饭、菜还都剩那么多。现在回忆起这京城"第一宴"，我和宋伟仍然笑得前仰后合，难怪服务员说够我们吃的啊！

如今，偶有行走京城的机会，看到街上美食林立，仰望各大酒楼霓虹璀璨，我却总怀念起宋伟招待的这京城“第一宴”。

老宅有盏煤油灯

城市里的拆迁早已成为家常便饭，一点也不新奇。从未想过我的老家也因复耕土地要拆迁。弟弟打电话告诉我时，我还不相信。他说，你倘若不回来，旧物件我清理错了，你可别怪我。这一说，我立即驱车返乡。我是个恋旧的人，特别是搞了文史研究以后，什么古书啦、旧物啊，尤其是我当年用过的粮票、参观时买的门票等都舍不得扔了。母亲、妻子为这些，没少批评我，但都没有拗过我。

你别说，这次回去挺有收获的。在一个旮旯里，我看到了一盏小煤油灯。这盏小煤油灯，十五六厘米高的样子，它是用一个瓶子做的，外面浸满了油渍和灰尘。这盏油灯是我童年时代用过的，有四十年了吧！它一下子勾起了我尘封的回忆。

那时候，家里穷，买不起蜡烛，更没有电灯，只能点自己制作的煤油灯。煤油灯大都是用墨水瓶或者药瓶子做灯身，一根用棉线捻成的灯捻子做灯芯，灯芯穿进一个铁管里，用铁片固定在瓶身上，一个简易的煤油灯就做好了。第一次用的时候，先让灯芯浸足了煤油，然后，再点上。当然，那时点灯用的煤油有两种：一种叫柴油，点起来灰大。昏暗的灯火，冒着一股黑烟，用的时间一长，脸颊上、鼻孔里尽是烟灰！一种叫洋油，灰小。当然在物资匮乏的年代，带洋字的都好，比如洋钉、洋布、洋面等，这不是崇洋媚外，是上代人这么叫，叫惯了，传下来了。

印象极为深刻的是童年夜晚，我们兄弟二人围坐在煤油灯下看书、做作业。父亲是我们此生唯一的家教老师，他看着我们做，不会了问他，做完了他检查。也曾有过，他怎么讲，我们都不会做的题目。于是，他发起火，甚至严厉地斥责，我们也淌下了泪水，但依然不会。母亲往往也坐在煤油灯下，她大都是在纳着怎么也纳不完的鞋底，一枚细小的针拖着长长的线穿过鞋底。偶尔，也会看见母亲把针尖轻轻地插进鬓边的浓发里，划一下，那时的母亲，两边的鬓发还都是黑黑的、密密的，脸上没有一丝皱纹。当然，母亲也有不纳鞋底的时候，她也许在灯下缝补我们的破旧衣服，也许，看我们做完了作业，就讲个故事给我们听听。母亲尽管大字识得不多，但她把她知道的故事讲得绘声绘色，我们听得如痴如醉。一个接一个的故事，滋润了我的童年，给了我无尽的欢乐。而我那时，最喜欢做的事情不是学习，而是站在煤油灯下，借着煤油灯的亮光，用灵巧的小手做五花八门的手势，让手影投在墙上，像猫、像狗、像枪……也有四不像的，总是逗得弟弟和母亲乐呵呵的。于是，整个屋子便被温馨和幸福包围住了。

那个年代，灯油是要省的。一般情况下，只要还能互相看清人脸，是不会提前点煤油灯的。如果点了，遇到一个节省的，他会说："不点灯，吃饭还会吃到鼻子里去啊？睡觉还会摸不到床上去啊？尿尿还会尿不到桶里去啊？"所以，人们一般只点一会儿灯。晚上，更是早早入睡。只有在有月亮的夜晚，睡得也许迟一些。因为我们小朋友们常常抓住有月亮的夜晚在家前屋后，在大场上的草堆之间"躲蒙蒙"。有时，玩忘记了，非得大人们满村地喊才回家。

记得上小学五年级时，因为是毕业班，冬天到校时，天还很黑，我们都从家里带来一盏盏煤油灯，在班级里点起来，像鬼火一样摇曳，我们瘦瘦的身影仿佛也跟着这鬼火左右摇晃。那时，班级的窗户没有玻璃。冬天到了，都是我们用稻草遮挡起来的。条件好一点的，用塑料薄膜将窗子钉起来。但西北风一吹，要么"呼啦啦"地响，要么就被像小偷一样钻进来的风把弱小的灯光吹灭。那时我们非常羡慕有的同学带来的罩灯或马灯。罩灯和马灯有玻璃灯罩，又亮又不担心被风吹灭。于是，我们常常围在有罩灯或马灯的同学周围“蹭灯”读书。被“蹭灯”的同学其时挺自豪的，脸上充满了骄傲。

上初中后，学校有了电灯，但常会“跳闸”。一“跳闸”，就要点煤油灯，而且中学学习任务重，煤油灯点的时间长了，会把两个鼻孔熏得黑乎乎的，鼻孔痒的时候，用手指一抠，全是黑黑的。中途还需要不时用剪刀或针把灯芯上烧出的灯花剪掉或拨弄一下，还要不时将灯芯朝上推推，防止灯光变暗、变小，灯花爆裂烫伤脸。记得有一次我在做作业时，因身体离煤油灯太近，前额的头发被烧焦了许多，我竟全然不知。第二天到学校，在同学们的笑声里才知道，昨晚看书又把头发烧焦了……

1989年，我终于到淮安城里读师范了。城市里到处都是明晃晃的电灯。再后来，家里也通上了电，用上了电灯，煤油灯也就退出江湖，成为了历史。即使偶有停电，也是用上应急灯或者点上蜡烛，不再用煤油灯了。现今，身居城里，每每看到五花八门的霓虹灯、漂亮新潮的家居灯、实惠耐用的节能灯，我却像一个负心的人，心中再也没有煤油灯的位置，煤油灯早已被我尘封进历史。倘若不是在老宅旮旯里看到了这盏小煤油灯，煤油灯岂不成了远去的风景，在我和我等许多人的记忆中决然离去。感谢老宅，让我看到了这盏煤油灯，让我想到了煤油灯曾温暖了我的童年、启迪了我的人生、照亮了我的征程。

似水流年

老　杨

翻看淮安师范建校五十周年纪念册时，想起了老杨，想起了那个天天乐呵呵地眯着眼睛的老杨。

在淮师，没几个学生知道老杨叫什么名字，老杨不是老师，是学校的花工。学生们都认识老杨，不是因为老杨花养得好，出名，是因为老杨在学校门口开了间小吃铺。

老杨只是学校一个普通的工人，家属又没有工作。家里还上有老，下有小，都在等饭吃。没有办法，红着脸与领导张口，在学校西大门（正门）南侧租来两间房子，买来锅碗瓢盆、桌子凳子，张罗着，将小吃铺开张了起来。

小吃铺主营面条，兼营饭菜。面条的种类并不丰富，一种是兑汤面，官方说法叫阳春面。其实，就是放上荤油、酱油、葱花什么的，兑个汤，又进面条；一种是有浇头的面，种类无非是辣椒肉丝、韭菜肉丝等等，也有煎个鸡蛋什么的，但没有现在面馆的什么长鱼面、叉骨面、酸菜鱼面。小吃铺经营对象是我们，我们是穷学生。老杨知道，穷学生没钱，当然吃不起那些价格高的。但学生们虽穷，也会出来换换口味。天天吃食堂里的一角的米粥，二角、三角的炒菜，即便是最贵的七角的海带烧肉，也有腻的一天，何况学生们总会有些聚会：生日啦，活动啦，家里来人啦……老杨晓得这些，小吃铺也就这样定位。

老杨当然没想到，小吃铺一开张就顾客盈门。老杨的小吃铺对了穷学生的心。大家在老杨的小吃铺里，下一碗兑汤面，兑上老杨精心准备的辣椒酱，轻抿一口汤，用筷子拉长面条，放到嘴中，细细品了一下，好味道！好吃！那是家里母亲下的面条的味道。那一刻，老杨夫妻站在吃面条的学生身旁，看着学生不仅吃光了面条，还喝光了汤。老杨的家属连声嘱咐：孩子，慢点！不急。而老杨依旧是衔着一支烟，面带笑容，眯着眼睛看着学生。我很多时候在想，眯着眼睛的老杨是眼睛小，是烟熏的，还是看到学生们的吃相，想到了自己那两个嗷嗷待哺的孩子？

我很少光顾老杨的小吃铺，那时候，家里穷，一分钱恨不得掰成两半花。在淮师上学时，母亲住院，没有吃的，我是用学校补贴我们的饭票买了学校食堂里的卷子送给在医院里的父亲母亲，让他们终于渡过那段煎熬的日子。走进老杨的小吃铺，是因为同学赵俊生日。在淮师，我们关系最好。他生日，总得表示一下。于是，我与他第一次走进老杨的小吃铺，第一次吃了老杨为我们下的兑汤面。尽管不是山珍海味，但那味道一直留在心田。有时候回想起，那味道还时不时地冒出来。我记得，那碗面五毛，我俩一共花了一元。

与老杨结缘是刚毕业。我们那年工作，是市里与学校一起搞的优生优配。我被择优分配到城区一所小学，报到后，我才知道学校没有我住的宿舍。那时，工资很低，只有几十元。如果去掉吃饭的钱，再租房子，那我就入不敷出了。那天晚上，没办法，我背着被子行李沿着东长街走向母校，找到一位当领导的老师，满心希望他能给我在学生宿舍里找一个床铺，让我能安顿下来。可是，老师说，毕业了，不可以这样。我只好漫无目的地走出了校园。路过老杨的小吃铺，老杨叫住了我。昏黄的路灯下，他看到背着被子行李的我，神情沮丧，一筹莫展，一定有事。他拉着我的手，拿来凳子，细细地问我情况。

听我絮絮叨叨后，老杨说："孩子，多大的事啊，要不这样，你住我店里。为了安慰我，他故意说，每天营业结束，我要看店。现在，你帮我看店，我不收你住宿费，你也不收我看店的钱。怎么样？”能有地方住！这是天上掉下来的馅饼啊！我无语凝噎，使劲地点了点头。泪眼蒙眬中，我看到了老杨正眯着眼睛乐呵呵地望着我。

一晃已近三十年。可惜，由于调整，淮安师范早在新世纪初就没了，老杨的小吃铺也早就没了。年前，遇见老杨的家属，她告诉我，老杨也没了。今天，当我打开淮安师范建校五十周年纪念册，熟悉的淮师剪影倏地出现在我的眼前，我仿佛一下子飞到了古运河畔，楚州城旁的美丽校园。隐约中，耳边又传来一首熟悉的歌曲：有些人一旦错过，就不再……霎时，泪水盈满了眼眶，唯有脑海里又浮现出老杨那乐呵呵地眯着眼睛的笑脸。

致记忆深处的夏天

离开老家三十多年了，老家的夏天没有因为时间的久远而模糊，相反，在我的记忆中，倒是越来越清晰。门前郁郁葱葱的玉米地，屋后高高的梧桐，依依的垂柳，还有树荫下伸着火红舌头“哈哧哈哧”喘着粗气的狗儿总是不时浮现在眼前。这两天，住我这儿的母亲想家了。于是，我开上车，回到老家，在匆匆中寻觅着，回味着记忆深处夏天的模样。

儿时的夏天，我们好闹腾。那会儿，我们没有午休的习惯。吃过饭，大人们睡觉了。我们一群孩子顶着太阳在庄子上转悠，希望找点好玩的。虽然那时没有滑滑梯，没有碰碰车，也没有现在的游戏厅……但我们会“就地取材”地玩，比如爬树啦，捉知了啦！

说到爬树，在同龄人中我的本领绝对属于高手。小时候，我比较瘦，瘦有瘦的好处，几丈高的树，我常常三蹿两蹿就到了树尖，还能坐在树杈间晃晃悠悠，得意地朝下面的小伙伴们挥挥手，常常引来男孩子们点赞的拇指和女孩子们阵阵尖叫声。那时，爬树的目的非常明确，要么是采摘苹果、梨子、桑葚……要么是掏鸟窝。记得采摘桑葚时，因为贪念桑葚的酸酸甜甜，把嘴唇吃得乌紫乌紫的。印象更深的是有一次，我和弟弟被一棵大树吸引了，因为树梢上有个喜鹊窝。弟弟说，喜鹊窝里有喜鹊蛋，兴许有灵芝，神话里白娘子盗仙草，盗的就是灵芝草，很值钱。我一听，决定爬上去找鸟蛋和灵芝。树高大笔直，我双手抱住树身，双脚盘在树上，快速往上攀爬，眼看就要够到喜鹊窝，我一只手试图抓住树枝，可那是根新长的嫩树枝，手刚搭上去，树枝断了，我重重地摔了下来，万幸万幸，没有摔死。

再说捉知了。知了用我们的家乡话说叫“叽溜”，我熟悉的知了有两种。一种身带淡绿色，个数多，喜欢集体“大合唱”，停在树上时也不讲究，中处高处都可以；另一种身形硕大，全身乌黑发亮，声音洪亮，靠近时更是震耳欲聋，它一般停在树梢上，很难捉到。捉知了其实很简单，走到它停靠的树旁，逮着机会，靠近它猛地一拍就能捉到。有时，它停靠在大树上，就要爬上树去捉。但柳树最好别随便爬，柳树的枝叶上有“洋辣子”，“洋辣子”的毛五颜六色，鲜艳好看，但是你要是不小心碰到了，皮肤便立刻红肿，痒痛无比。所以，我们必须制作捉知了的工具。一般情况下，是找根长竹竿（当然长长的细细的木棍也可以），在一端捅个小孔，再找根铁丝，弯成椭圆形，插入小孔，粘上新结的蛛网。这样，捉知了的工具就成功了。然后，我们举着工具，看到知了，轻轻走过去，迅速朝它身上一盖，知了的翅膀被蛛网粘住了，想飞飞不了，就只能束手就擒了。

儿时的夏天，我们最闹腾的是河塘。尽管家长发布了“不许下河”的禁令，也许刚刚说过，甚而才拎过耳朵，但一切无济于事。穿个“两根筋”和裤头，就偷偷摸摸来到河边，脱掉行头，跳入水里。会游的，扎个猛子，就游到了河中心；不会游的，带个车胆，冲上气，套在身上游；还有带上椭圆形的大长桶，扒在桶的边沿学游泳的；实在不行，就在河边，手扒着地，“扑通扑通”地练习游。一时，欢笑声，惊叫声，伴着溅起的浪花声，声声洋溢着兴奋。我胆子小，总是扒在河边，双脚打水，学狗刨式，但是看着别人东游西游，很羡慕，也打算试试。一次，父亲把我带到河中心，用手托着我教我游泳，不成想，我一游，猝不及防地离开了父亲，掉入了水中，咕噜咕噜喝了好几口水，被父亲救上岸后，惊魂不定，从此不敢游泳了。

儿时的夏天，我们最快乐的是吃冰棒。那时，村庄上没通上电，家里面没有冰箱，夏天纳凉的吃食可怜得很。西瓜、凉粉、小香槟等在那时是极其高档的，一个暑假吃上一两次就算不错了，吃的最多的是冰棒。那时的冰棒是走村入户卖的，“冰——棒——，冰——棒——”叫卖声音由远及近，响亮而悠长地传来，兴奋着贪吃的我们。卖冰棒的总是骑着自行车，车子后座上绑着一个方木箱。木箱漆成亮丽的白色，四面用红漆写着“冰棒”两个字。他一到，村子里的大人、孩子很快地就聚拢来了，把卖冰棒的连同自行车围在中间。打开箱盖，一层白雾升腾，上方是一层厚厚的棉褥子，下面则是码得整整齐齐的冰棒。当时，我纳闷极了，大热天的，盖着棉褥子不怕把冰棒都焐化了吗？直到把我买来的冰棒一口一口吮吸完了，我也没明白。我只好一边吃咂着还微甜的嘴巴，一边感受着冰棒带来的那份清凉，感觉惬意极了。

儿时的夏天，我们最幸福的是晚上。家里没有电风扇，晚饭是在外面吃。我们抬出桌子，端出板凳，天空就是屋子，夕阳就是灯光，微风就是电风扇。吃完晚饭后，父亲常常用水泼湿散着热气的地面。我们兄弟俩抬出小床，支起帐子。夏天的晚上，只要没有雨，我们一定与天地共眠！

在夜幕降临前，父亲常在猪圈那儿点起火堆，让缭绕的烟熏走蚊子，而我们往往是欢呼雀跃地去捉萤火虫，装进玻璃瓶子当灯玩。更多时候，我们是在进行一场“战斗”——一场与蚊子的战斗。那时，没有蚊香，没有灭蚊剂，更没有电热蚊香。灭蚊子的方法很“物理”，大人们常从河边割来蒲，蒲的叶子扁扁的，长而尖，一般都能长到一米多长，超过两米的也不稀罕。晒干之后，可以编织常见的席子、蒲包和扇子，织成门帘、窗帘，编成草帽、草鞋和蓑衣，做成圆圆的蒲墩和厚厚的床垫，等等。大人们驱蚊主要用蒲扇，轻轻一扇，既凉爽，又把蚊子赶跑了。我们小孩子驱蚊常用蒲棒，点着一根像香一样晒干了的蒲棒，就像擎着一个久燃不息的火把。无明火燃烧却烟雾缭绕，在夏天的夜晚，既可以驱散蚊虫，又可以随时给大人们点烟。当然，睡觉前，蚊帐里的蚊子不能用这个方法。否则，将蚊帐烧掉就得不偿失了。灭蚊帐里的蚊子主要靠撵、拍、杀，天没有晚之前，用蒲扇使劲扇，将蚊子从帐子中撵走，然后放下帐门。或者先放下帐门，然后到帐子里拍，直到将帐子里的蚊子“赶尽杀绝”。天黑了，放下帐门，拿来罩灯，在帐子里将罩灯的玻璃罩上口悄悄移至蚊子身下，热浪一击，蚊子便立刻醉酒一般落了下来。每次，灯罩里都能厚厚地铺几层蚊子的尸体，杀得人兴致高昂。

没有蚊子了，躺在床上，仰望满天的星星，猜想哪两颗是牛郎织女；偶尔看看月亮，猜猜嫦娥在广寒宫是否在向我们招手；也许，突然划过的流星会引来我们的尖叫。萤火虫一闪一闪，青蛙轻轻地叫着，还有不知名的夏虫随声应和。间或有微风吹过，那不是一般的舒服。邻居们常过来，搬张凳子，摇着芭蕉扇，与父母一边说说家常，一边纳凉。在他们有一搭没一搭的对话声里，我们渐渐沉入梦乡。

“怀念着美丽，延续着痴迷，每串欢欣总觉不可以抛低。”一晃三十多年了，如今，当我再度回到老屋前，年少时的情景历历在目。也许那时，日子穷，但那时人们心里也没有感到太沮丧，记得那时人们最常说的一句话是：“大不了要饭去。”可是还不至于去要饭，改革开放之初，虽然人们日子过得紧巴点，但不要紧，又不是没穷过。好日子一定会来！是啊！只要心头有希望，有不灭的火焰，未来就一定会美好。如今，三十多个夏天过去了。时光在蓝天，白云，阳光，笑语中悄悄溜走；荏苒时光中，我们走过多少的路，经过多少的人，依然回忆着已逝的儿时的夏天。即使再过三十年，想起儿时的夏天，我的心头依然有很多的话对你们说。

埋倭山

“日子总会亮堂，麦子终又再黄。”正是麦收季节，我踏着韩磊的歌声，来到我的“白鹿原”——埋倭山，寻寻觅觅，在空气中感受历史的气息。

其实，淮安是江淮平原的一部分，没有山，只有水。自我出生时起，就没见过家乡“埋倭山”的“山”在哪儿。唐代大诗人刘禹锡说：“山不在高，有仙则名。”而我的家乡没有山，没有仙，却一直以“埋倭山”出名，这不得不说起“倚马成文，上马杀贼；国子师表，天子门生”的抗倭状元沈坤和他抗倭的历史。

同治《山阳县志》卷二十一记载：明嘉靖三十六年（1557）初“倭数千人自日照流劫至淮安，时邑人沈坤方家居，散赀募乡兵千余屯城外。倭纵火焚烧，官兵且却。坤率兵力战，身犯矢石，射中其酋，倭始退。”《江南通志》在这条记载后还说：乡兵乘胜追击，“城上望之，呼曰‘状元兵！’未几，倭以二十二船从泗而下，焚掠尤惨。坤极力会战。”两段记载说的是嘉靖三十八年（1559）四月，倭寇由吴淞流窜南通狼山，北犯山阳马逻（今苏嘴镇境内），直至郡城东之樱桃园（在今山阳街道），残杀军民无数。内有一酋，身长九尺，头大如瓮，手挥双刀，骁勇异常，官兵大河卫萧指挥，苏千户与之作战，皆败死阵前。后来沈坤和他的状元兵增援上来，终于打退倭寇。在抗倭战斗中，沈坤提出一个建议，倭寇由东面来犯，必从姚家荡（今顺河乡镇内）经过，在那里打一个伏击战，定能一举全歼倭寇。时淮安巡抚李遂很赞成这个意见，立即与沈坤研究作战计划，分兵悄悄地埋伏于姚家荡的各个隘口，形成一个很大的口袋阵。四月十九日，倭寇果然进入姚家荡伏击圈，从寅时战到申、酉时，斩杀倭寇478人。倭寇退到姚庄，又杀贼270余人。倭寇又逃往陈庄，复追赶斩杀74人，余倭退守庙湾而去。海道副使刘景韶督兵追击，水陆兵400环攻庙湾，通政使唐顺之参加督战。李遂又留下胡宗宪招募的山东兵2500人参战，几方面的人马合围作战，终于在五月二十四日夜全歼余倭，北方倭寇从此平定下来。抗倭胜利以后，沈坤将姚家荡战场的倭寇尸体弄到一起，挖了一个深坑集中埋葬，上面筑起高墩，也有人称之为“埋倭墩”，因形似小山，亦称“埋倭山”，遗址就在今天的顺河镇丁姚村五组。后来因开挖苏北灌溉总渠，一部分被切到渠南复兴乡，至今复兴镇灯郎村三组还叫埋倭组。

站在苏北灌溉总渠的省道上，我极目远眺，北望渠北丁姚村，南望渠南埋倭组。这片本连在一起的土地上曾发生的抗倭画面一次次地出现在我的眼前，虽然，形似小山的高墩不在了，纪念沈坤的“报恩祠”也不在了，但沈坤的英名永远在，他的抗倭精神永远在。你瞧，初夏季节，家乡田野里那两种主色调：要么是绿意盎然，要么是金黄一片。这和嘉靖三十八年（1559）初夏的景色何其相似。其时，抗倭胜利后的沈坤站在这片土地上，一定一边感受着大自然的生机勃勃，一边分享着农田里丰收的喜悦。当然，他想不到，458年后，有一位后生在他战斗过的土地上，触摸着他的历史气息。

浓浓年味盼新年

说真的，也许是受疫情影响，也许是城市里不准燃放烟花爆竹了，也许是年岁增长了，也许是说不出来的其他原因，我总觉得现在年味越来越淡了。

尽管一进入腊月，妻便忙开了，灌香肠、炸肉圆、包馒头、买新衣、备年货，乡下的舅老爷送来了精心磨制的豆腐百叶，书画界的朋友写来了红彤彤的春联，元旦过后，微信群里、各种社交场合，亲朋好友、领导同事之间互致新年问候的频率明显增多，可我依然觉得年味似乎缺了一份什么。

缺什么？缺年味，缺盼新年的年味。

记得，小时候，一提到过年，心中就充满了期盼，浓浓的年味就在期盼中萦绕、回旋，越来越烈。

我期盼过新年时穿的新衣服，大年三十晚，母亲总是会给我换一身新衣裳，无论日子是否艰难，新衣总是有的。不论款式，不论颜色，不论价格，至少是新的，哪怕是几元钱买的新衣服，我也是欢天喜地，兴奋得睡不着觉。

我期盼过年前的杀猪酒。杀猪酒是从杀猪开始的，从农历十一月开始，庄子上就有人家开始杀年猪了。那时农村家家都养猪，杀猪这天得请很多人帮忙，逮猪、杀猪、分猪肉好不热闹。特别是杀猪时，点料、吹气、褪猪毛、开肠剖肚……一群人围着，有说有笑，都很快乐。猪杀好后，要请邻里亲朋喝一顿杀猪酒。觥筹交错，饭菜飘香，年味就这样弥漫了整个村庄。

我期盼过除夕前一两天母亲蒸的馒头。一年之中，母亲要蒸好几次馒头，但母亲最在意的是过年这一次蒸的馒头，母亲说，不蒸馒头蒸口气。过年蒸馒头的好坏关乎第二年的运气，馒头蒸的好，来年就会兴旺发达。听了母亲的话，我的期盼全寄托在一笼笼馒头的蒸汽里了。

我期盼过新年前张贴的一副副春联。写春联、贴春联是父亲的事，父亲字好，庄前庄后的乡亲都买好红纸来我家请他写春联。磨墨、裁纸，将写好的春联拿到一旁晾干……这些下手的事都是我做。大门贴，房门贴、灶台贴、水缸贴、猪圈也贴，和糨糊，搬凳子，我忙得不亦乐乎，但我不累。望着乡里乡亲的叔伯阿姨拎着春联喜滋滋地回家了，感受着屋前屋后张贴春联后喜庆的气氛，过年的乐趣就像涟漪一样一圈一圈荡漾开了。

我期盼过岁岁看，岁岁褒贬不一的春晚。五更分两年，前后为二岁。央视春晚我年年看，从少年到青年，再到中年。在喜庆中守岁，在守岁中喜庆。“共欢新旧岁，迎送一宵中。”守岁中，守出了年味，守出了家庭的和睦，守出了美好的未来。

我的期盼实在是太多。不必说，大年初一满庄跑的拜年；也不必说，一家人张灯结彩的团圆饭了；更不必说，那缤纷独特的窗花，明亮冲天散作满天星的烟花爆竹散落；还有压岁钱，对，这个让数亿孩子睡不着觉的压岁钱更烘托出了盎然的年味。想到压岁钱，我就想到了孩子们的雀跃，想到了家长们像真的似的信誓旦旦“骗”孩子压岁钱的笑脸，想到了全国老师操碎了心组织孩子们开展“压岁钱怎么花?”的大讨论。想到这些，热闹欢乐、祥和团圆的年味就浸入我的骨子里，挥之不去。

新年又要来了，今年抗疫的任务依然艰巨。不聚集、不团拜、不聚餐是我们每一个人应该坚守的自觉行动。年味在哪儿？年味当然在家里。我们可否换一些新的方式过新年，小家过新年，微信拜大年，视频贺新年……心若在，情就在。相信，你心中倘若有浓浓的年味，年味便会回来。

年味好景君须记，岁岁迎新岁岁新。

印象淮安路

四十年前，淮安的路在我的印象中是一条条线段。那时，我年纪尚小，既不能登高，也不能望远，只能生活在生我养我的小村庄里。小村庄里没有像样的路，一截一截的，我谓之为“线段”。那些“线段”或是油泥土路，或是羊肠小道，晴天走在上面坑坑洼洼，举步维艰。风一吹起，扬起漫天灰尘，迷得人睁不开眼。雨天，路泥泞的像“一锅粥”，让人“寸步难行”。一脚下去，泥泞漫过脚踝，一脚拔出来，另一脚又深深地陷在了泥中。那时穷，我们没有雨鞋。一到下雨天，只好光着脚在泥泞中跋涉。脚常常被石子、玻璃碴子、小树枝子划上口子，鲜血直流。可有什么法子呢，只能怨老天怨路！当然，快乐的时候也很多。每到中秋时分，人们常将收割好的稻子放在路上晒、打，我们则在被碾压过的稻子上翻跟头，竖蜻蜓，玩累了，惬意地躺在上面，身旁是稻草的金黄与草香，仰望着天空，看云卷云舒，什么也不思考着，更不知路在何方。

三十年前，淮安的路在我的印象中是一条直线。家乡紧靠苏北灌溉总渠，总渠的南堤是一条省道，它西连淮安，东通阜宁、盐城，是那时家乡档次最高的路。路上铺着石子，路两旁种植着郁郁葱葱的树，高大修长。路上车辆并不多，县城通向我们乡镇的只有两辆公交车，上午两个班次，下午两个班次。第一个班次的车是一辆普通的大巴，第二个班次的车是“长龙”。我在淮安师范读书时，想家了，就急急忙忙朝老车站赶。如果错过了下午四点钟的“长龙”，那就回不了家了。如果赶上车，心里便不由自主的有点小激动。那时候我还晕车，坐车的感觉很难受，但对亲人的想念占满了我的脑海。坐车时，我把车窗打开，让风从面颊两侧流走，双眼看着被树叶筛过的阳光，投在石子路面上，留下斑驳的影，听汽车轮胎压着石子的声音，和不时石子被车胎压蹦起来敲打车子的响声。虽然，路是一条“直线”，车开得也慢，但景是流动着的，很美。当然，那时美中不足的是等车，尤其是寒风中，大雨中，心儿越急，车子越是不来，让我们“望路兴叹”！

二十年前，淮安的路在我的印象中是一条条射线。我工作在古城淮安，明清时期就是“南船北马”交汇之地，有“九省通衢、七省咽喉”之誉，但这些称谓大都与运河相关。近代，由于海运兴起，运河的优势不存。当我生活在这座城市里的时候，以淮城为原点，主要公路线路也就只有五六条成射线发射向远方。一条向东，灌溉总渠线，通向盐城；一条向南，淮江线，通向扬州、苏南、上海；一条向西南，淮洪线，通向南京；一条向西北，两淮线，通向淮阴；一条向东北，淮涟线，通向涟水、灌南、连云港，中间夹杂着淮茭、淮流、淮博、淮施等一些乡镇线路。现在看来，当时通向外面的路并不多，路的等级都是乡村级的，而且路上的车子开得很慢，正如有首歌曲唱的“从前的日色变得慢，车，马，邮件都慢，一生只够爱一个人”，但我这个“井底之蛙”从乡村进入城市，却一下子开了眼界。尽管我有过从淮安到南京要整整半天，到上海要一天的烦恼，但我真的感受到了，这些路的远方有世界！

十年前，淮安的路在我的印象中是一张网。新淮安公路、铁路、水路在境内交会，京沪、宁宿徐、宿淮、淮盐、宁淮等五条高速公路以及从江苏新沂到浙江长兴的新长铁路如飞龙盘旋，如彩带飘逸，纵贯全境，京杭大运河、苏北灌溉总渠等河道纵横交错，淮安的路形成了一个以高等级公路为主骨架、水陆并举的交通“网”。因工作关系，我枕着黑夜到北京，我踏着黎明赴上海，我打个盹儿就到了省城……便捷的交通让我徜徉于江苏，徜徉于全国，好一番“走四方，路迢迢，水长长，迷迷茫茫一村又一庄”。

如今，淮安的路在我的印象中是一道风景。新时代，淮安人追求“大交通”的美好愿望逐步实现了，国道、省道、县道、乡道、村道四通八达、柏油路、水泥路纵横交错。淮安的路从无到有，从有到优，如今交通发达，新建的高铁枢纽、237省道、264省道、348省道与前期建成的五条高速连接贯通，穿境而过，淮安到北京只需三个多小时，与上海两小时相遇，与南京一小时见面，特别是南北走向的连淮扬镇高铁是苏北的中轴，东西走向的徐宿淮盐高铁犹如苏北的金腰带。这两条高铁线路2019年建成通车后，从淮安到达省内任何一座城市，最长仅需要一个半小时，真正让省内市县实现了“朋友圈”。高速公路，高速铁路铺到了家门口，这些是我过去做梦也想不到的啊！淮安的路让城乡没有了距离。过去人们常说“要想富，先修路”，如今，淮安的路真的成了改革开放一道亮丽的风景，成了脱贫致富的见证，成了通向美好未来的彩带。

四十年风雨征程，四十载惊涛拍岸。再次漫步在家乡的路上，我心里感慨万千。往日的小路已变成了一条光洁的水泥路，路面上没有一星尘土，它就像一根血管一样蜿蜒着，一直伸向远方，把每一个村庄都连在了一起，那一个个小村庄就是它藤儿上的小南瓜。这些血管又与省道、国道、高速、高铁主动脉相连，让乡亲们与城里人一样，迈向了新征程，过上了新生活。

淮安的路啊！真是越走越宽广！

首行永难忘

那是没有动车和高铁时代的事情。偶有机会，单位派我到浙江温州参加全国说课研讨会。因为没出过远门，领导专门让同一个部门的小青年宋伟陪我。宋伟比我小七八岁，刚从农村调进城，其时，尚未结婚，很懵懂！让他陪我是假，领导的意思大概是出门在外遇到事，好有人商量。

出差无话，一切顺利得很。倒是回来时，领导让我俩从温州乘坐火车直达徐州，参加华东六省一市小学教育专业委员会基地成立大会。火车，我们俩从未坐过。第一次坐火车，很是向往，充满兴奋，又有一点惶惶然。因为，我们连火车票都不会打，而且，那时火车慢得很，温州到徐州要坐近30个小时。我们在火车上吃啥？干啥？三个字，不知道。

领导就是好啊！他有先见之明——两个人出来，遇事好商量！于是，我和宋伟一合计，坐火车时间长，火车上要吃饭，但一定贵。为了省钱，不如先在温州街上买点方便面。要在车上吃四餐，我们两人得买8桶方便面。面买好了后，我负责看行李，宋伟年轻，动作迅速，由他去火车站窗口买火车票，极为合适。至今还深深记得，宋伟排长队，挤人流，终于满头大汗买来火车票兴奋地向我跑来时的情景，“买到啦！买到啦！还有硬卧上铺票呢！”我受他影响，也兴奋不已。

入候车大厅，等车、检票，下午一点半钟左右，我们终于登上了赴徐州的火车。火车开了，我们也终于看清楚了火车的“真颜”。火车有三种座位：硬座、硬卧和软卧。硬座、硬卧车厢内人满为患，有出外打工的，大包小包塞满行李架和座位底下。有自费回家省亲的工人，有跑小买卖的商贩，当然也有回家或返校的学生，或刚从农村出来抱着小孩子的农村妇女，带着希望和一脸小心上城里去看孩子他爹。……硬座、硬卧车厢不仅人多，而且声杂，谈话的、打呼噜的、孩子啼哭的……不一而足。软卧车厢内风景就不一样了，软卧挺像城市里的别墅。人很少，车厢挺宽敞，坐这里的人好像都是有头有脸的。一进车厢，都是马上脱下外衣，露出精纺羊毛的保暖内衣或纯丝衬衫。车一开动，拿出精致的水杯沏上热茶，也许是热咖啡。不像硬座、硬卧车厢内的人手里拿的吃食都是些烙大饼或蒸的馒头和带的咸菜，条件好的也许是煮的几个鸡蛋，带的几根黄瓜和一把大葱。

更为惊奇的是，先前，宋伟说：“买到啦！买到啦！还有硬卧上铺票呢！”他兴奋地买来的火车票不是最好的票。最好的票是下铺，而我们的硬卧上铺是卧铺中最差的。卧铺分三层，上铺要爬上去，不好坐，只好躺，抬起头，直一下腰都不行。有几次，我想坐起来，结果，“嘣”的一声，头撞了，幸好没受伤。吃一堑，长一智。我老实多了，也不再奢望能坐起来了。更为糟糕的是吃饭。第一餐，我们打开方便面，放上调料，冲上开水，泡好后，咦！蛮香的！我们吃得津津有味。可是，方便面仿佛有传染似的。一会儿，硬座、硬卧车厢到处都是吃方便面的，整个车厢到处都弥漫着方便面的味道。不过，尚好，我们能适应。但是，第二餐，我们再吃方便面时，已经淡然无味。可怜的是，第三餐、第四餐，当我们打开方便面时已经接近呕吐了。看看有些经济条件比较好的，他们在火车上买来10元或15元一份的盒饭香喷喷地吃着，我们很是羡慕。尤其是，有些人上车时拎来几瓶啤酒，弄些豆腐干、猪头肉、花生米什么的，更有手头大方的带只烧鸡。一边喝，一边吃，我们还真有点垂涎欲滴了！

好在，火车终于在第二天夜幕降落时缓缓停靠到了徐州火车站。我们在几分兴奋、几分遗憾、几分难忘中结束了第一次乘火车出行的日程。尽管后来，我和宋伟又多次出差，也曾买过折叠的凳子坐在火车的通道或一角，也曾在如公交一样的慢车上你推我挤的站两个半小时，诚然，后来也曾坐上了风驰电掣的高铁、动车，但印象最为深刻的依然是第一次乘火车，那才叫：首行永难忘啊！

别了，少先队

指间太宽，岁月太瘦。日子在岁月的年轮中逐渐厚重，年华就这样在指缝间悄然溜走。离开少先队，无端的生出了一份怅然若失的感觉……回首过去的日子，有开心，有寂寥，有迷茫，但是更多的是醒悟。原以为一切都可以被时光带走，可是在离开之际，那些遇到的人，那些经历过的事情，一个个一件件的清晰可触。

是的，在这纷繁的社会中，每个人都要在开心之余或者忧伤之际，让自己缓缓地静下心来从容面对，花开了总会落，日子来了又去，老去的是我们的容颜，不老的是我们心中对美好生活的信念。

我承认，我喜欢少先队的生活，喜欢享受少先队的活动的热闹和心灵的宁静，喜欢在少先队活动的百转千回中，品味岁月静好。少先队是一树花开，或安静或热烈，或寂寞或璀璨。我知道，再美好的岗位终有曲终人散的时候，我也明白，生活就是平淡，充实就是精彩。二十五年，少先队事业让我慢慢变老，但却成就了我丰富的人生，而我和我挚爱的少先队事业正让岁月变得缠缠绵绵，有滋有味，

离开，就给一个微笑的离开理由，不让自己的心承载太多的负重；离开，就给自己重新寻找一个取暖的方式，不让寒冷的冬天冷却了生活的热情。

离开后不应怅惘，而应快乐！几多净土几多尘？我本是清风明月，又何须揽尽愁绪？随心，随性，拈花一笑心自宁。时光悠然，似水华

年，一年又一年，岁月的褶皱一层深一层，善感的情怀依然如初。日子在低吟里，瘦成一剪柔柔的清风；生命在浅唱里，凝成一缕淡淡的沉香。

离开后，青山依旧，碧水依然。情思在岁月深处积淀成河，温馨在记忆枝头摇曳生花，感伤在静水流深处堆积淤塞……我要徜徉在音乐与文字的熏染中，不断走向少先队内在的聆听，不断享受后来者的盛宴，如此，甚好。

离开后，寻一份安然，不羡风花雪月，用笔尖，去描绘曾经遗憾的青春，贴近自己的本心，那些未曾了却的心愿、意境，虽然会让我们的眼角湿润，但是，回首抚摸过往斑驳的痕迹，那滴泪，落于掌心，也能开出一朵温暖的曾经！

叹不尽的风花雪月，吟不完的冬去春来。过去不管有多少遗憾，多少酸痛，幸也好，不幸也好，都已经过去，全是曾经。我们走得那么艰辛，我们有过那么多伤心，但是今天，岁月带着我们进入新的年轮，时光领着我们跨入新的一年。生命已经进入了一个新的时辰，时序步入了一个新的月份，振作精神，迎接新的一年，用善良、真诚、宽容，书写新的人生。

闲情偶寄

海南听海

海南是一个让人忘不掉的地方，尤其是海南的海。

记得十年前正月初七，我和我团队几个兄弟姐妹离开寒冷的家乡淮安，踏上海南这个美丽而神奇的海岛。那时的心情，不仅仅是激动，还有惊奇。我们第一次感受到你在北疆的风雪里，而我们却在温暖旖旎的南国风光中。

漫步在海口、徜徉在三亚、潜水在蜈支洲岛、乘舟在亚龙湾、拜谒在南海观世音像前、流连在天涯海角……海南一路，风景独好。这里的阳光、海水、沙滩、椰树相映成趣，构成一幅美丽动人的自然画面。海南的天空蓝蓝的，阳光亮亮的，椰树高大青葱，在风中婆娑起舞，而尤让我万分陶醉的是海南那碧蓝的海水和金色的沙滩。可惜的是，因为随团出行，不及品味，便要告别。这是我第一次海南之行颇感遗憾之处。

今冬，机会来了。作为海南省关工委特邀代表，我出席了在海南省召开的红色革命教育电影现场会。利用中午、晚上两个不同时分，我走近海南的海，就像久别的恋人一样，近在咫尺，什么都不用说，只是彼此静静地望着，听着对方的心跳。

午间听海，有微风，有阳光。我所在的海域是海口帆船帆板训练基地，地址位于海口市秀英区滨海大道西路海滨游泳场。在和煦的日光下，沿着西海岸，的确有些“椰风海韵”的味道。我时而看看海面上训练的帆船帆板穿梭往来，时而坐在细细软软的沙滩上，看风景、听涛声，时而惬意吹着海风，打着赤脚，跑跑停停。银色的沙滩、清澈的海水、凉爽的海风、明媚的阳光、高耸婆娑的椰林……浓墨重彩地点缀着海滨，也点缀着我的心情。这一次，我是真的拥抱海南的海了，我望着这浩瀚无垠的蓝色大海，已经听到了她的心跳。你瞧！旭日在银亮的海面上铺洒一道烁目耀眼的金光。海浪从碎金里泛起，一浪逼着一浪，白色的泡沫在静穆的沙滩上散开来，退下去。就在这时，几个只有十四五岁的男女少年，抬着帆船帆板从我身边费力的向海浪中走去。帆船帆板是那么沉，好几次才抬起，好几次又放下了。可是，这群少年仿佛到了海里，就有了一股神力，竟一个人拉起帆，起初还摇摇摆摆，让人心悬，后来，竟稳稳当当的破浪扬帆远航了。帆渐行渐远，我望着帆消失的尽头，似乎听到了海的吟唱：“年少的我，喜欢一个人在海边，卷起裤管光着脚丫踩在沙滩上，总是幻想海洋的尽头有另一个世界。”作为长期生活在内地的人，听着海的声音，我心潮起伏，有激动，有陶醉，还有向往。

晚上十点，正是涨潮时分，我酒后微醺，再次约同行的好兄弟宋伟来到海边听海。今夜无月，我望不见海，但我听得见海浪的声音。此刻，看海听涛。天海相接，海天一体，而我与海那么近，却又那么远。我知道海浪成排起落、奔逐，似蛟龙潜水跃然而出，似骏马出栏奔腾咆哮，似赛场健儿齐头并进奋力冲刺。浪峰跌落，波涛向我站的方位漫涌，细浪从峰谷间突兀窜起，来到我的身边，悄悄与我耳语：曾经沧海难为水，除却巫山不是云。海，没有掩饰真实，偶尔显露神秘。若非坐在她的身边，我怎能企及大海深处的波澜壮阔。夜晚的海啊！是一个追求者，是一个倾诉者，更是一个不忘初心者。

我痴痴地望着，感受着海南的海，听着海的声音。心中默念：海啊，我的大海，今生有约，就是这样的与你相依。你的深沉，你的静美，你的神奇，你的瑰丽，你的博大，你的富饶，你的粗犷，你的苍凉，绘就你绝世的妩媚和旖旎，我愿伴你而立，用心品你绝代风华，采天地灵思捻于笔尖，疾笔狂书海之恋曲一万年。

一眼千年

说起江南水乡的秀美，记忆中，似乎都留在了上有天堂，下有苏杭的印象中。其实不然，当我们这次流连在常州春秋战国时期的古城淹城遗址时，这才发现，“中国江南第一城，淹城奇观甲天下”。淹城城在景中，景在城中，就是一幅水墨丹青，充满诗情画意，就像一颗璀璨的珍珠，在古运河畔熠熠生辉。

在淹城，你会看到常州从古至今的历史沿革和发展轨迹，我想，这一定是常州人感到最自豪的地方。淹城的来历至今尚无定论，从已有的确凿考证来看，她至少已经存在近3000年。3000年，从第一只印在这片土地上的脚印，到第一座建在这片土地上的房屋，再到第一次形成的城池，“淹城”就是一个实实在在的存在，从无到有，从小到大，从古到今。据介绍，1986年至1991年，我国考古界对淹城进行了为时6年的发掘，出土了数以千计的珍贵文物，撩开了淹城神秘而美丽的面纱。淹城古遗址东西长850米，南北宽750米，占地0.65平方千里，距今有3000多年历史，是我国目前保存最完整、最古老的地面城遗址。淹城形制奇特，有民谣曰：“里罗城、外罗城，中间方形紫罗城，三套环河四套城。”它由子城、子城河，内城、内城河，外城、外城河组成，呈三城三河套状，这种建筑形制，在中国乃至世界的建筑史上是独一无二的。著名歌唱家宋祖英曾专门用一首歌《春秋淹城》讴歌古老淹城的魅力。有人曾说：“明清看北京，汉唐看西安，春秋看滝城。”徜徉在滝城春秋乐园里，山、水、草、木、雕塑、博物馆……一点一滴、一步一景都鲜明地体现着春秋文化元素。

远眺滝城春秋乐园，会看到一个造型别致的雕塑，三根由青铜和汉白玉铸成的景观柱“龙之翼”，犹如飞龙在天，叱咤风云，承载着滝城的希冀和梦想。更引人注目的是大道两旁还有五座成语故事雕塑，“叶公好龙”“一叶障目”“守株待兔”“举棋不定”“邯郸学步”等耳熟能详的故事，在这里一一生动显现。

我们穿过景观大道，迈过气势雄浑的滝城春秋乐园青铜艺术大门后，飘散着百世旷古气息的诸子百家园映入眼帘。诸子百家园由一组五六米高的古韵竹简造型构成，穿越竹简大门，犹如穿越千年时光回溯春秋时代。十二根景观柱陈列于春秋版图周围，分别象征当时的儒、道、阴阳、法、名、墨、杂、农、小说、纵横、兵、医“十二大家”。在儒家区，一座23.8米高的孔子像依山而建，形态逼真。孔子学堂里的孔子采用仿真机器人，“孔子”与四位弟子端坐于此，你可以在这里直接与“孔子”对话，提出问题，“孔子”将一一作答，让你仿佛穿越三千年的时光，与这位千古圣人零距离亲密交流。

从诸子百家园出来，逛逛繁华的市井后便进入滝城的春秋游乐体验区。“孙武点将台”“伍子胥过昭关”“歌舞升平”“烽火连天”“九龙问鼎”等众多娱乐项目使春秋文化在这个梦幻乐园里不仅看得见，感受得到，还能摸得着。“孙武点将台”取材于战国时期孙武点将的故事，有“兵圣”之称的孙武每次出征前都会点将布兵，尽显大将豪气。“孙武点将台”是高55米的空中飞行岛，一次性可容纳110人，而且飞行岛公转自转各360度。我与同行的兄弟兆青从容地登上“孙武点将台”，从高空领略滝城遗址三城三河全貌，感受运筹帷幄的大将风度。其时，也算是“一览天下任逍遥”！我们扮演了一回春秋军事家孙武，登台阅兵，调兵遣将，还真有点浩荡气势的感觉！

“一回走千年，春秋看滝城。”一晃半天过去了，由于时间关系，我们不能一一览尽淹城，望着三城三河，望着那一圈圈在河水中泛起的涟漪，望着那依然耸立着的城墙，淹城，一个蕴含无数繁华的梦尽在泪眼婆娑中。一眼千年！淹城，一种实实在在的存在，深深烙印在我的脑海中，我已经完完全全能够感受到三千年的风雨沧桑在这片土地上演绎出的文化与精神！

品下关

朋友圈是个极好的“去处”。写罢《下关全牛宴》，依然是崇仁重义的老王第一个发了圈。朋友们也不知是真读了还是假读了，分分秒秒间点赞一片，更有甚者，转发、评论、实地察看，如此等等，不一而足。一时，圈内圈外，全牛宴的香气扑鼻而来。

老王窃喜，他的光头因为兴奋，暴露出的青筋像愉快的蚯蚓一样钻了出来。他将朋友圈、群里群外热议下关全牛宴的文字、截图全发给了我，尤其是云者众的，希望我安排品品全牛宴的话一股脑，毫无保留的发来。看着老王的图文，想着老王的可爱，我笑了。

笑的原因当然不是笑老王，也不是笑我那些吃货的朋友们，而是笑我的目的达到了。我的目的当然不会是品品全牛宴这么简单，尽管全牛宴是下关众多美食中的名宴，但对于已经过上小康日子的中国民众而言，品一次全牛宴应该不是什么难事。所以，倘若真的来到下关，品品下关的历史、当下，我认为才是第一重要的。因为中国文化本身讲“品”，唯有品才有文化，才有档次。全牛宴需要品，“城郭连雄镇，舟车会要冲”的下关更要品。

品下关，得从2500多年前吴王夫差开凿邗沟时起。公元前486年，夫差为争霸中原，开凿了从扬州邗江通达下关的邗沟。自此，长淮古渡开启。公元605年，隋炀帝动用百余万民夫疏通古邗沟，连通起淮河与长江，从此，奠定了下关（末口）在隋大运河中的枢纽和咽喉地位。明洪武三年（1370）起，淮安知府姚斌、平江伯陈瑄，先后在位于古末口的古运河与古淮河连接处（下关段）建了“仁、义”二坝，漕船从该处盘坝入淮。明洪武二十八年（1395）下关最早出现在文史典籍中。此后，下关渡成为明清时期中国海运、漕运史上的“漕运津梁”。

品完下关的来历，也许，我们的眼前就会浮现出邗沟、淮河、黄河、大海的波光、浪涛，浮现出下关先民盘坝的艰辛，浮现出下关渡周边的繁荣。品下关，还需要读读下关史。也许，从史料的痕迹中，我们依稀耳听，船夫吴歌软语，眼观货物堆积如山；我们依稀可见，镇海金神庙、镇海中枢牌坊、下关递运所、航海天文柱、淮阴驿……以及当年下关官僚、使者、商旅、运夫、劳工的出没；我们依稀可见，刘伶台下稻花晚，韩信庙前枫叶秋；我们依稀可见，安乐巷、卜家巷、杀猪巷、宰牛巷……乡邻和睦遍仁里，水月院、昭恤院、如意庵、吉祥庵、地藏庵……文化昌盛传薪火。

当然，品下关史，务必要抓住核心：仁和义。下关有仁、义二坝。仁、义二坝为中国漕运发展作出了重要贡献，仁、义二字滋养了世世代代的下关人民。盖因此，下关仁义名人辈出：陈治安尽节于“甲申之变”，江杏农悬壶济世，弘扬“山阳医派”，武进士陈凤元急公好义，谢碧魁打擂智斗松尾除凶斗恶，江来甫捐躯沙场，宋太祖赵匡胤下关中市口惩恶屠，巾帼英雄梁红玉下关街上制疯牛……品品这些代表着下关仁义文化的传奇人物和仁义故事，下关崇仁重义的特质一定会在你的心头熠熠生辉。

品完历史品当下。非常可喜的是，独特的仁义文化也滋养了当代下关人。虽然因旧城改造，历史的下关已经整体拆迁了，但走进现在的下关，下关人民世代血脉传承的仁义精神一直在。老王是地道的下关人，他见证和亲历了新时代下关作为淮安区新城区的核心区，高度重视传统文化的传承、弘扬与创新的每一个活动，每一件事。他说，现在的下关，经济强、百姓富、环境美、社会文明程度高。你看，下关现代化的高楼大厦林立，宽阔的道路如织，人民生活幸福甜蜜，这些都得益于下关长期以来的文化立魂，仁义固根。

老王说，特别是2016年，蔡峦调任下关村党总支书记后，大力支持乡亲们不忘仁、义二坝的惠泽，让下关人传承仁义精神，记住乡愁。蔡书记获知陈勇、王爱兵等下关村的文化志愿者自发众筹编撰《下关史话》却没有办公场所后，村里为史话编辑部专门提供了临时办公室。得知张万松创作长达7米的《古镇下关胜景图》，村里全力为他安排展出，让更多的人能看到、能感受到。为彰显仁义文化，下关村两委、党员代表、村民代表设计、实施了仁义下关主题文化小区。现在，如果你走进仁义下关主题文化小区，仁义二坝景观雕塑、仁义主题文化小区门头、单元门的楹联、下关历史文化展览馆、下关书画艺术展览馆、仁义下关主题灯杆道旗、历史下关路名牌等一定会给参观的你留下深刻印象。村里还先后三次召开文史座谈会，先后开展市、区知名作家、诗人、书画家系列采风行动，创作了一批反映下关历史文化和时代风貌的作品，让更多的人感受到了下关仁义文化的厚重。村里重视仁义文化传承，村民们也用行动表达自己的仁义之举。今年疫情期间，10名村民分别代表下关村的10个小区3万村民，向参加抗疫的13名社工赠送了一封《感谢信》。下关书画家张万松赠送了书法作品《九尽疫败春回下关》，村民李春耀赠送了“不忘初心记使命　党恩普惠下关村”的锦旗。村民严飞、郭汝会、杨顶顺、郭正东、陈勇、刁炳立、沙玉英等，分别向所有到场的社工献上了祝福健康的鲜花及象征吉祥的红围巾。

老王介绍这些时，很自豪。他说，感恩是中华民族的传统美德，致敬是下关人民始终在践行崇仁重义。我使劲地点点头，细细地品着老王的话，正如品着仁义的下关。

仁义下关，值得品！

紫云英的春天

长假前，广静发来美篇《春天里，我们到双木林稻鸭米基地看紫云英去》，美美的文字，美美的图片，勾勒出“千畦细浪舞晴空，亿株紫云笑春风”的桃源景象，瞬间让我心生向往。我立即回复：可以组织实地一游乎？广静是爽快人，当即敲定长假期间组织同道参观。于是，便有了“作家走基层——采风双木林稻鸭米基地”的这个活动。

双木林稻鸭米基地是广静先生在施河大承恩寺东侧投资的一块近300亩的省级稻田综合种养试点项目，谓之：双木林稻鸭米。初听名字，不懂。广静说，先生姓林，先生叔侄共创基地，双木成林。稻鸭米是米，也是鸭，基地是稻鸭共生，种养结合的生态农业。听后，恍然大悟，不禁击掌：妙！

走进基地，正是春暮。植物绿油油的生长着，几百亩连成一片，确实让人震撼！忍不住拍几张照片，发了个朋友圈。朋友们不仅有纷纷点赞的，还多有评论。不过，好友连先生和徐先生的点评式提问与众不同，一时让我语塞。连问：鸭呢？徐问：稻呢？米呢？略一思忖。我答：麦有。

是的，我们来的不是季节。稻鸭米的季节是夏秋两季，我们来的季节只有青青的麦子和那株笑春风的紫云英。在乡下，麦子与紫云英都常见，不常见的是海一般的紫云英。

林先生带领我们一行边参观边欣赏。起初，在一望无垠的麦田前，我们听得仔细、认真。当一行走到紫云英的田野上时，已经是看得多，听得少了。尤其是爱美的女同志，顾不得礼貌，尖叫着，好美啊！有的径直离开队伍，直奔那花海，凝神地望着：那翠绿的叶子，那枝干上一大片紫红色的花。看了这一朵，还要看那一朵。不光是看，还要摸，还要嗅。那一朵朵奋力开放的花呀，见到这些花一样的女人，倒是有了羞涩，仿佛粉红了许多；又像是有了灵性，格外的风情万种，仿佛一个个绝色的美女，穿着紫，穿着红，向她们走来。美丽的人儿走在花间，低首、回眸、陶醉……一阵风起，花枝摇曳，伴随着看花人儿的笑声，奏出迷人的乐章。

美是会传染的。不仅仅是女同志进了花海，长顺、向平两位副主席终于控制不住“花心”，也走进了布满紫云英的田野里。或是观赏这遍野的温润秀丽，或是仰天赞叹这霞光般的蔚为壮观！我站在田埂上，看着阳光倾泻下花的饱满明丽，更看着这一群爱花的人与花连成一体。那霞似的花与霞似的脸漾出的红色，正谱写着天地间最感人的红色恋歌。多么美丽的风景啊！在暮春里，打开了我们的心扉，让这个春天有了春的气息。

林先生说，种植这么多紫云英是为水稻种植积累绿肥。紫云英固氮能力强，在植株腐解时可以大量激发土壤氮素，是改善农田生态系统，生长绿色有机稻米的功臣。等过了花期，这成片的紫云英就碾成泥土，换接成稻鸭米的营养品。真是：云英不是无情物，化作夏肥护庄稼。行走在布满紫云英的道旁，我情不自禁吟哦起诗句：

满目如星的花儿，
弥撒着清香，
那是禾的暖床。
种子在这里发芽，
收获着一年又一年的希望。

……

为了春天的花约，
肆意绽放；
又为了秋天的期待，
将最美的芳姿隐藏。

中午，林先生说，此行虽然没让大家看到稻鸭米的生长，但必须让大家品尝到稻鸭米的“米”。酒过三巡、菜过五味后，广静亲自端上米饭。只见颗粒饱满，色泽晶亮。饭香飘来，我仿佛闻到了紫云英散发出的迷人香味。端起饭碗，想到了紫云英的花语：幸福不是必然的，只要你懂得珍惜，幸福唾手可得。品尝米饭，眼前浮现出：田野里，尽是粉红色的花朵，当千朵万朵紫云英紧紧挤在一起时，铺天盖地，卷起春风万里，这便是双木林稻鸭米基地里最美的色彩。我们走在那布满紫云英的田野上，感受着广静夫妇创业的不易，理解了他们的付出与辛劳，也像碗中稻鸭米的“米”一样，分享着田野里紫云英的清香扑鼻！

古今怀想淮安情

你们熟悉自己的家乡吗？想象一下，把自己变成一只大鹏鸟，展翅苍穹，跨越时空，用明亮而锐利的眼睛看一看脚下这片神奇而美丽的土地。

这是一座地处淮河下游，苏北腹部的城市，京杭大运河纵贯南北，苏北灌溉总渠，淮河入海水道横穿东西。东与阜宁、建湖交界，南接宝应、金湖，西与洪泽、清浦、开发区相连，北与清河、淮阴、涟水接壤。自汉武帝元狩六年，也就是公元前117年建县以来，至今已有两千多年的历史，鼎盛时期与扬州、苏州、杭州并称为京杭大运河沿线的“四大都市”。明人姚广孝曾誉淮安为“壮丽东南第一州”。

这里人文荟萃，名家辈出。兴汉三杰之一的韩信，汉赋宗师枚乘、枚皋，晚唐著名诗人赵嘏，南宋巾帼英雄梁红玉，明代文学大师《西游记》的作者吴承恩，民族英雄关天培等都是淮安人。1898年3月5日，一代伟人周恩来总理诞生在淮安，并在故乡度过了12个春秋。在中国抗战史和少年儿童运动史上留下光辉一页的新安旅行团也创建于淮安。

这里资源丰富，风景优美。这片肥沃的土地是全国文明的绿色农副产品生产、加工、销售基地。境内水网密布，著名的白马湖、绿草荡鱼跃虾跳，鳖肥蟹壮，享有“日出斗金”的盛誉。

这里的地下蕴藏着岩盐等丰富的非金属矿产资源，蕴藏着一个储量2500亿吨，居世界前列的大盐矿。

这里名胜古迹众多，周恩来纪念馆、青莲岗文化遗址、文通塔、镇淮楼、吴承恩故居、汉韩侯祠、总督漕运部院遗址、古城墙遗址等等星罗棋布，勺湖公园、萧湖公园、运南闸群等，在淮城内外熠熠生辉。

这里名菜名点别具风味，美食文化底蕴深厚。淮安是全国四大菜系之一淮扬菜系的主要发源地，淮安菜口味平和，咸淡适宜，以“鲜美、香酥、细嫩”著称，早在夏代“淮夷白鱼”已是贡品。

隋唐时期，京杭大运河开通，时人或登舟南下，或驱马北上，一时商贾云集，淮扬菜也随着南北客旅名播九州。元明清三代，淮安成为苏北政治经济文化中心，又促进了淮扬美食文化的发展。康熙、乾隆年间，祖孙两代皇帝约十二次南巡，留下了许多品尝淮扬美食的佳话，更加奠定了淮扬菜的地位。中华人民共和国成立，开国大典之后在北京饭店举行的盛大招待宴会上，款待中外贵宾用的“七道冷菜，八道热菜，四道点心，二道水果”就是淮扬菜。为此，淮扬菜赢得了“共和国开国第一菜”的殊荣。

这里交通便利，历史上许多名人都曾客居淮安，留下优美的文学作品和动人的佳话。四大名著的作者都与淮安结缘。《西游记》作者吴承恩生于斯，长于斯。《水浒传》作者施耐庵曾长期客居淮安西长街土地祠口好友王姓旅店“小方茶壶”，写就名著。作为施耐庵的学生罗贯中，拜师学艺，自有淮城见证。《红楼梦》的作者曹雪芹对淮安文化也有专门研究。

淮安作为漕运总督府的所在，当年曹氏的江南织造贡品无不经淮安而北上京城。难怪曹雪芹还在《红楼梦》第五十一回中以薛宝琴之名写就《淮阴怀古》。历代文人墨客无不为淮安留下了脍炙人口的作品。

淮安是我们的家乡，我们生在这里，长在这里，我们的根扎在这片沃土里。在这个属于我们的时代里，有责任用自己的勤劳与智慧，使这片流淌过祖辈汗水的土地变得更加富庶与繁荣，使这里的人民生活得更加幸福与安康。

今夜，你璀璨了我的流年

与你的相遇，是一次美丽的邂逅！入心、入骨、入了生命的画卷！

你的微笑如花儿嫣然，美了季节，亦美了流年！

认识你，缘于弟子连凌的深情；了解你，来自诗的远方！读你，如读心仪的书，赏心悦目、回味悠长！

与你相守，一如品一盏茶的淡雅芬芳！与你相悦，你明净清亮；芸芸众生，潇洒无恙！与你相拥，旖旎在心，生命若无你的色彩，定如沙漠一样！

如水的时光里，携你的微笑随花儿绽放，让思绪缱绻如蝶儿飞翔，微风是我情思的舞娘，在轻歌曼舞中亲吻你微笑的脸庞！

如水的时光里，你的热情如太阳的光芒！用那赤诚的炙热点亮我的心房！

如水的时光里，红叶点缀相思的忧伤！片片红叶，片片情长！那枫叶的美丽，亦是我的深情，为你梳妆。

如水的时光里，所有的飞雪载着洁白飞扬，那颗颗晶莹，朵朵洁白，一如你心灵的洁白闪烁荧光！愿将思念化为朵朵雪花，落入你的眉间心上！纵使光阴荏苒，岁月老去，你依然是我牵挂的童真模样！

烟火流光，将你的名字刻入诗行，那清清浅浅，素素雅雅的痕，亦是你品格的烙印嫣然，挟着你灵魂的幽香！

相拥路上，你璀璨了我的流年时光！那音容笑貌，那美丽的词章，是心灵深处，永远也抹不去的画廊！

走近你，我寻找到了诗和远方，我愿为你研一盏深情的墨香，陪你走进诗情画意！陪你描绘人生风光！诗中，你永远是那最美的风景，而我，永远是那诗中的韵律，点缀你美丽的诗行！

岁月如歌，长河流淌，你始终妩媚在我的心底，璀璨在我的流年时光……

名人纪事

袁鹰：遥望古城，不胜依依

“美不美，故乡水；亲不亲，故乡人。”

在淮安区第二届“袁鹰作文奖”颁奖典礼上，随着我的老友、全国朗诵大赛一等奖获得者、淮安市朗诵协会会长许长春先生款款深情的演绎著名作家袁鹰笔下的“淮安记忆”，我的眼前一下子出现了远在北京的已经95岁高龄的袁老的形象。整整十年了，我年年去看他，去听他回忆淮安、回忆运河、回忆亲人。

许先生朗诵的这一段是袁老回忆家乡运河的片段，从出生到十岁，袁老在家乡——大运河畔的古城江苏淮安度过。以后在杭州西湖边生活了五年，上了小学和初中一年。以后，又在上海黄浦江畔生活了十五年。此后到现在，一直在北京，已经有半个多世纪。袁老说：“这些地方，都可以说是我的故乡。西湖和钱塘江是故乡水吗？黄浦江和苏州河是故乡水吗？永定河、颐和园和昆明湖是故乡水吗？是。又不全是。”在他梦中流淌、唤起许多遥远的记忆的，还得数那纵贯南北、不舍昼夜的运河水。

是啊，运河是袁老关于故乡的永远记忆。记得，在袁老家里，他曾经和我回忆1934年，他们全家离开淮安，移居杭州的情况。他说，幼年时代就听说过“上有天堂，下有苏杭”，如今能到“天堂”去，他和姐姐自然雀跃不止。可是父亲田少渔假期有限，不能回淮安，搬家的繁重工程，就全落到母亲袁姒宜一人身上。可是，祖父田鲁渔的图书，淘汰再三仍有十几大箱。全家七八口人的衣服、必要的生活用品，都需要母亲一一清点，细心装箱，然后雇了十几辆人力车，到西门外运河码头装上轮船。袁老说，那时，他和姐姐只能搀扶祖父进入船舱坐定。而母亲站在码头上，招呼着十几个人力车夫将箱笼行李一一顺序抬过跳板，抬到船上，神情从容，指挥若定。“像个将军”，袁老说，这是姐姐的评价，这也是他第一次见到母亲的干练果断，以前只看到母亲的温柔仁爱。

袁老说，母亲1985年8月1日中午慢性心脏病急性发作，抢救不及，猝然去世后，悲恸的父亲强自镇静，晚上挑灯夜坐，独自沉吟，写诗记述过这段时光：

移家随侍到西湖，卜宅诚仁第九庐。
从此相依五十载，何曾一日是分居。
铁蹄深入破山河，床褥缠绵竟染疴。
国难家忧行不得，闭门困守在嘉禾。

袁老讲，那天开船以后，船舱里安静下来，他们伏在舱门口，看着故乡的城墙慢慢向后移，岸上行人也渐远渐小，祖父低声吟诵了两句唐诗：“仍怜故乡水，万里送行舟。”他老人家大约想到此生未必能再回淮安故里了。而他的母亲正默默斜躺在铺位上休息，神色有点黯然，也许是忙碌一阵以后非常疲惫，也许是因为初次远离家乡、远离娘家姐姐兄嫂，以后不知何日重逢而感到怅惘。

自此，袁老离开了生于斯、长于斯的淮安故土，再没有搬回来。虽然离开了淮安，但袁老关注淮安的发展，关心家乡的文化教育事业。他曾为家乡作家赵日超的《窗外风景》专门写序。他说，《梦里依稀看淮安》一文，特别牵动我这个淮安儿子的心，离开家乡八十年了，蓦然回首，真正是“梦里依稀”了。他记得府衙的那副楹联：“吃百姓之饭，穿百姓之衣，莫道百姓可欺，自己也是百姓；得一官不荣，失一官不辱，勿说一官无用，地方全靠一官。”他记得淮安那道高大严整的城墙姿影，他也记得淮安城里那些具有文化底蕴和历史风尘的巷子：驸马巷、麒麟巷、双桃柳巷……他更记得祖父田鲁渔等为主事创办的江北慈幼院。为此，他尽管身体每况愈下，尽管身衰体病，但他一直在关心着淮安教育事业的发展。十年来，他坚持将他的著作和一些名家的著作陆陆续续数十次亲自打包赠予周恩来红军小学教育集团。其中，除袁老自己不同时期出版的著作外，不乏有巴金、冰心、曹靖华等名家珍贵的签名书，而且每本书的扉页上都有他亲手盖的“袁鹰敬赠”这样一枚朱文方印。为了培养孩子们的作文兴趣，他还捐赠了二十万人民币，设立袁鹰作文奖基金。而且尤为感人的是颁发袁鹰作文奖时，每一张证书，袁老都一一在证书上亲自签上自己的名字。更为感人的是，前些日子，得悉淮安区第五次作协代表大会召开，卧床养病的他，不顾95岁高龄，亲自执笔，写来贺信，“故乡胜迹，运河帆影，长在梦中闪现，遥望古城，不胜依依。祝故乡文星闪耀文气浓郁，文华飘香，文韵繁荣!”

其华灼灼，其情切切，其心悠悠。如此，袁老不是梦里依稀看淮安了。其实，淮安就像明镜似的一直在他心中。85年，可谓长矣！但袁老的心中始终流淌着离开淮安时那段运河的记忆！

一生忆你

转瞬之间，“咪咪姐姐”吴芸红已经离开我们一年多了。每每忆起她，还是2009年初次拜访她与袁鹰老人时的样子——虽然高龄，拄了根拐杖，但是，精神矍铄，没有一点萎靡的龙钟老态。这次赴京为袁老祝寿，应王鹏飞校长之请，与袁老商谈，为周恩来红军小学西校区筹建“咪咪文学社”，以纪念“咪咪姐姐”。其时，眼前、脑中、心里满满地全是“咪咪姐姐”吴芸红的形象。

我最早知道“咪咪姐姐”，还是20世纪90年代刚从事少先队工作的时候。我了解到1946年2月16日，中共上海地下组织创办了一份少年儿童报纸《新少年报》，旨在对少年儿童传授科学知识，揭露国民党的腐败统治，培养少年儿童关心国家大事、团结友爱的美好情操。该报非常注重为小读者提供服务，第三版“少年园地”中有吴老主持的“咪咪信箱”，由“咪咪姐姐”热情细致地答复小读者生活、学习中的各种疑难问题，使报纸与小读者建立了深厚的友谊。

可我孤陋寡闻，当时我既不知道“咪咪姐姐”是否还健在，也不知道吴芸红是知名报人、作家袁鹰先生的夫人。直到筹建周恩来红军小学时，我专程拜访袁鹰先生时，才知道他的夫人——一直站在我们身边的就是“咪咪姐姐”吴芸红！可以想见，我当时听了是多么的惊喜与激动。吴芸红拄着拐杖，笑呵呵的，这哪里是老人，分明是一位和蔼可亲的知心姐姐。

这是我第一次见到吴芸红老人，她非常热心地向我介绍了《新少年报》当年的情况。她说，当时她就是《新少年报》上的“咪咪姐姐”，由于是秘密办报，很难约稿，于是，自己办了个“咪咪信箱”。小读者有什么苦闷和疑难，就会给咪咪姐姐写信。她每信必复，并选择其中有普遍意义的，在报上公开回答。一位残疾儿童，来信讲述了他悲苦的境遇；一位绝望的儿童，讲述了他的后母为了养活家人，不得不去当妓女，他觉得世界太黑暗了，看不到任何光明；有个失学少年来信问：“这社会就是富人富到底，穷人穷到底，失学的永远被弃在校门外吗?”有的孩子则对社会上出现的怪现象不理解，问：“为什么选总统要大喊大叫拉选票?”甚至有的孩子夜里总尿床，也向咪咪姐姐诉心底的苦恼。有的孩子来信，只是草草的几行字，吴芸红却写了长达五六页的回信。一封封回信，就像一粒粒火种，引导孩子们穿过苦闷的隧道，冲出彷徨的幽谷，迎来希望的朝阳。咪咪姐姐和小读者建立了深厚的友谊，成为他们心目中最有威信的好伙伴、知心姐姐。为了启蒙少年儿童对社会发展史的了解，她撰写了《爸爸讲的故事》《老伯伯讲老话》等长篇历史故事。她还以“虹”为笔名，创作了长篇故事《孩子们》。她还以“丁丁”为笔名，以细腻、动情的笔调，写了《丁丁的日记》，展示了生活在悲惨世界的孩子们的内心世界。

就是在初见吴老的那天，她告诉我，她正在全力以赴地做一件事情——撰写《我在少先队的工作经历》。她毕竟上了年纪，这篇文稿花费了吴芸红老人不少的精力，但她一如既往地精益求精、一丝不苟。

现在，我就坐在“咪咪姐姐”吴芸红的面前，她把精心撰写的书稿《我在少先队的工作经历》庄重地递到我的手里并赠送给我，我分明感到了一份历史的厚重和对未来的希冀。

如今，斯人已逝。手捧袁老赠送题签的《梅香长在——吴芸红纪念集》，吴老的样子又出现在我的眼前！她仿佛又轻声慢语的叮嘱我好好工作。

“一生付童蒙，两袖洒清风。育得接班者，含笑在花丛。”吴老，我要一生忆你！传承、学习、践行你为了少年儿童健康成长的精神、作风、行动……

大爱无疆

2015年6月16日晚7点03分，徐悲鸿先生的夫人廖静文在北京的家中安然逝世，享年92岁。光阴似箭，岁月流年，一晃之间，廖先生离开我们整整两年。想到2012年春末夏初时拜访先生，她的音容仿佛就在眼前。

北京，新街口北大街53号，徐悲鸿纪念馆。

绿树掩映中的古老建筑见证了时代的变迁，也见证了徐悲鸿夫人廖静文半生的沧桑。

因筹建周恩来红军小学需要，我有幸走进了这座历经半个世纪的纪念馆，走近了时年89岁的廖静文先生。面前的廖先生虽然瘦削却依然皮肤白净，五官清秀。

与廖先生交谈并不容易，因为她听力不太好，与她交谈需要借助纸和笔，但这并不影响她的表达。当她得知我们来自周总理故乡淮安时，得知周恩来红军小学是全国唯一以周总理姓名命名的红军小学时，显得十分激动。她说："周总理是我们家的恩人。没有周总理，我就不可能活到今天。"

"文革"时期，红卫兵要一把火把徐悲鸿的书画都烧掉。无奈之际，廖静文写了封信，让儿子交给周总理。因为她知道儿子不可能见到周总理，便在信上写了急件，并打了三个圈，让儿子送到了周总理的警卫手里。第二天，便有部队的人开车来把徐悲鸿的书画全部拉走。

"文革"以后，她才知道，这些书画被周总理安排到故宫太和殿的一间朝房里保存起来了。同时，周总理还安排人把她接进中南海"保护"起来。说到这里，老人的眼里盈满了泪水。她说："去年，我去淮安就是了却我的心愿。在周总理故居、纪念馆，我亲手采摘鲜花，编制花篮，献给周总理，表达哀思。"

廖先生说，她现在除了工作就是读书、看报。"原来我还喜欢打打乒乓球，不过现在老了，打不动了。"填充她生活的更多是回忆。她说："悲鸿很喜欢住四合院，不喜欢住楼房。院子里都是我和他一起种的果树。""悲鸿很喜欢听我唱歌，他在的时候，我经常唱。""悲鸿爱艺术爱到骨髓，没有人能够和他相比。"

徐悲鸿去世之时，廖静文只有30岁，两个孩子还年幼，但廖静文毅然将徐悲鸿留下的1200余幅作品和收藏的唐朝以来历代名家书画作品1000余件以及各种珍贵图书、碑帖等1万余件文物全部无偿捐献给国家。当时不少好友劝她，儿女还小，应该考虑自己和孩子今后的生活问题。况且徐悲鸿在许多画里都写了"爱妻静文"的名字，应该为自己留下一部分。但廖静文的回答是："这些作品和藏品耗尽了悲鸿毕生的心血，凝聚了他对国家和人民深沉的爱。我能据为己有吗？不能，决不能！"此后，她的捐赠也没有停止。对于捐赠的总数目，她写下："1350多幅悲鸿的画、1100多幅唐宋元明清及近代名家作品，总价值约100亿元以上。"

事实上，这个价值还在不停往上涨，随着中国艺术品市场的狂飙突进，徐悲鸿画作的价格也在不断上涨。2006年，徐悲鸿的油画代表作《愚公移山》在北京以3300万元被拍出；2007年，《放下你的鞭子》在香港拍出7200万港元；2010年，其画作《奴隶与狮》以5711.28万港币在香港成交……对于徐悲鸿作品屡屡拍出新高以及艺术市场的异常火爆，廖静文的态度很肯定："中国经济发展了，人民珍惜中国画家的绘画，所以高价购买，这是一种进步现象。"她还说："现在悲鸿的作品不是从国内流到国外，因为国外的经济情况并不好，所以很多国外的画流到中国来。”

那么多的国宝级画作捐出去，子女能理解吗？廖静文的回答欣慰而坦诚：“当时一个画画的比利时男爵曾跟我说，丈夫死后妻子可以捐出自己继承的遗产，但是没有权利支配子女继承的遗产，而是要等他们成年以后自己决定。但当时我们国家根本没有继承法，而且国家正处于困难时期，我就运用了中国人最古老的传统：家长制。我说捐就捐了。”她略带谦逊地笑着。“我这样做，也是实现悲鸿生前的意愿，”廖静文说，“悲鸿生前不止一次对我说过，他是为了我们的国家而保存这些作品的。他曾经竭尽全力收购和保护它们，唯恐它们流失到国外去。他是人民的艺术家，他的作品和他的收藏都应该属于人民。”

与她交流结束时，她欣然铺开宣纸，为我写下了“植根杏坛爱满人间咸高军同志留恋”几个大字。如今，斯人已去，睹物思人，我不禁潸然泪下。

一瞑未竟平生志　百代长留济世心

著名银行家谈丹崖1880年12月13日出生在江苏山阳县城隍庙巷（今为淮安区镇淮楼东路谈公馆巷），他一生热衷于教育事业和慈善事业，他最著名的善举乃是创办淮安江北慈幼院。

1921年夏，淫雨连绵，高宝湖倒灌，白马湖决口，洪水泛滥成灾。运河两岸一片汪洋，农家田庐人畜损失无算，逃得性命者露宿在老淮安西门外老人塘一带，无衣无食，嗷嗷待哺。士绅田鲁渔（著名作家袁鹰的祖父）、郝砚樵主持义赈，设药局，募义款，肆力救灾。田鲁渔还赴北平，请淮安银行家朱虞生、谈丹崖、周作民及陈瀛生募捐。后来赈灾有一笔余款，谈丹崖提议创办一所平民学校——江北慈幼院，收养无家可归的孤儿和贫苦人家的孩子，教他们读书习艺。学生食宿在院，不收费用，还提供统一服装。

1923年，淮河、泗水交替发生旱灾和水灾，饥荒接连发生，很多的孤儿流离失守，触目惊心。谈丹崖心中装着收养、抚育江北儿童的事。于是，他召集江淮有名望的人，如朱虞生先生、周作民先生、陈瀛生先生等诸位君子，筹划教养孤儿的计策，并且在各方倡导集资，设立基金。淮安的开明乡绅田鲁渔、郝砚樵、王慕庄、王泽民、徐绍全等诸位君子多次赞助募捐，当集资够数时，谈丹崖建议创设江北贫儿院（慈幼院）基金，请以上诸君子担任董事。他因最为出力，则被推选为董事长。筹议粗定后，他很快就聘请宿迁人李宏增（字翼唐）

先生任筹备委员会委员。李先生是他的弟子，毕业于北京大学，是学习优秀，思想深刻的杰出人士，对于教育尤为热心，就是他后来向谈丹崖建议，将“江北贫儿院”改称“江北慈幼院”的。

谈丹崖在创立江北慈幼院的过程中，是先从调查“北平香山慈幼院”“北平孤儿院”“龙泉孤儿院”开始的，再对江苏属地的上海、南京、镇江、扬州各地的孤贫、幼稚、教会、教养院的状况进行考察，最后是调查了苏北各地孤贫、幼稚、教会、教养院情况。谈丹崖对各地现状了如指掌后，不久就决定成立江北慈幼院筹备处，地点设在淮安的四公祠。但收养儿童的事日益繁多，筹备处谋求拓建屋宇，他们先是选中前清漕运总督和都察院的两院遗址，但是房屋太过破旧，不适合使用。又因这个地方为某军驻地，再三再四地与他们商量，也不能全部腾出用地，于是，只得购置部分旧屋，重新修葺，扩建院落和房舍，为的是一劳永逸。后来，经朱虞生先生介绍，由谈丹崖为主筹集、捐献了十万元基金，用四万元买了周姓盐商的一所私人住宅（五六十间房屋）作为院址，其中包括楠木厅房和松、柏、桐、椿的主屋共五进，从前到后每进都有走廊，阴雨天不湿脚，可以从大门走到后面，又用两万元购置了校具教具等设备，还有四万元存放银行作为流动基金。每年谈丹崖、朱虞生、周作民及陈瀛生各出两千元作为正常经费。

1926年夏，筹备完成，江北慈幼院开始招生，参加应试的人如同趋向父母的怀抱，非常踊跃。最终，院方录取了80人。进入秋天，院方举行开学典礼，淮安的名流和江北慈幼院的孩子的亲属纷纷赶到江北慈幼院，参观典礼的多达千余人，为当时人们所称道。

江北慈幼院建立后，邀请了淮安县的部分开明士绅组成院董会，作为全院的最高决策机构。其中清末进士、著名作家袁鹰（原名田钟洛）的祖父田鲁渔为创办江北慈幼院之初时的主事，还请“大善人”顾秋岚，举人出身的朱邦宪等参与。每月开会一次，商讨办院的方针大计。

江北慈幼院在课程设置、教学方法、生活管理、培养目标和学生来源等方面独具特色，与同时代的一般小学有所区别。当时江北慈幼院招生对象是12—15岁的贫苦家庭出身的男性儿童。初小开设语文、算术、音乐、图画、体育、手工六个科目，高小增设修身（主要讲礼、义、廉、耻等孔孟之道）、历史、地理、自然等科目。课外活动内容丰富多彩，体育设备有秋千、跷跷板、铁环、球类、玩具等。文娱方面，国乐组有笙、萧、管、笛、三弦琴、七弦琴、琵琶、二胡等，还有“军乐队”由专职教师负责培训。江北慈幼院有时还从教会里请来外籍牧师为学生教英语歌曲等。每到周末，师生自编自演小型话剧、相声、歌舞剧等。除按课程表完成学习任务外，晚上还有两小时自修课，教师随班辅导。有时，还组织故事会、展览会丰富课外生活。为了沟通学生家长与院方的联系，还不定期地召开恳亲会（即家长会），听取家长对院方的意见和要求。

为了培养学生的独立工作能力，江北慈幼院里还开办了小商店，专售学习用品，开设了小银行，培养学生节约、储蓄的好风尚和学习会计知识。管理人员均系从学生中挑选轮值，并有一定的报酬，如“经理”每月二元，其他人员每月一元，但不发现钞，只发院内通用的一种有价证券，以限制使用范围。这些管理人员在总务人员统一指导下进行工作。院方还利用空隙地开辟了花圃，供大家欣赏，由学生自己种植，除虫锄草，施肥浇水，培养他们热爱劳动的习惯，对成绩优异、表现突出的学生，定期发给奖学金。

办学第二年，除教一般小学课程外，还开设了劳作、簿记等学科，十分重视“自立自强”和“手工劳作”教育。院里请来多才多艺的老师教学生竹工、木工、金工，还购置“织洋袜的铁机”和“织毛巾的木机”教学生织围巾、袜子，让这些穷苦孩子将来有立世谋生的一技之长。这样的学校在当时使民众耳目一新，交口称赞。从江北慈幼院走出去的优秀学生，如蔡文干、沈同庆、宋宇春、李仲效、黄楚金，后来成了教师、会计、画家、纺织工程师等社会有用人才。

1927年，谈丹崖乘返回故里探亲之便，到院里视察，对全院师生员工讲了话。他说："为了走上振兴实业的道路，改变地区经济面貌，就要办好地方教育。将来也可以与北平香山慈幼院挂钩（香山慈幼院规模较大，包括小学、中学、大学）。"谈丹崖有心扩大江北慈幼院的规模，以使其包括小学、中学、大学，进而有选优派遣出洋留学的设想。

1930年，谈丹崖、朱虞生先后去世，经费枯竭，江北慈幼院坚持到1932年，不得不停办。江北慈幼院前后办了七八年，在课程设置、教学方法、生活管理、培养目标和学生来源等方面，均有别于同时代的小学，在社会上引起很好的反响，留在了淮安人的记忆之中。

江北慈幼院停办后，第二任院长何宝善在原址上创办了"淮安私立集一图书馆"。"集一"者，读书人每人集资一文钱是也。集一图书馆，是在淮安文人传统的"洒扫会"基础上创办起来的，以解决穷苦学子想读书而又买不起书的困难。集一图书馆藏书1703种，5767册。何宝善考虑近代翻译书籍增多，"古籍仍依四库前例酌参子目"，根据美国教育家"杜威分类法"加以裁并，遂编成《淮安集一图书馆分类法》，书目有11大类，每大类9～12个小类，共计120个类目。田鲁渔还为何著《分类法》写了序。集一图书馆还藏有一部分明版书，私人捐赠的别集木刻版，铅字版多种，后大部分在淮安沦陷期间散失，十分可惜。

1934年，集一图书馆停办，此后，地方政府和有识之士曾先后办过上海江淮中学淮安分校、淮安县初级中学、中山小学、忠孝镇国民中心小学、瞻岱小学、江苏省淮安师范附属小学、淮安市楚州小学。2003年8月，定名为淮安市楚州实验小学。进入21世纪以来，为了推进教育均衡，进一步放大楚州实验小学的品牌效应，又创办了周恩来红军小学，并于2010年由全国红军小学建设工程理事会命名，在老一辈革命家后代和234位老红军战士关心下，由楚州实验小学、周恩来红军小学组建，成立了教育集团。2013年和2014年，集团又新增了周恩来红军小学西校区和周恩来红军小学东校区。

九十多年的奋斗不息，九十多年的春华秋实。九十多年来，在艰难的跋涉中，虽然学校几易校名，但每一个校名背后都是一首首辉煌的教育之歌。特别是集团成立后，徜徉集团四个校园，风景处处皆好。教学楼、图书馆、实验室、阅览室、报告厅、微格教室、塑胶操场、音乐舞蹈专用教室等一流教育教学设施，为广大学子营造了一个良好的学习环境；宏伟大气的校门、开放式的围墙、配套的电子监控系统，为广大学子构建了一个安全的学习环境；篮球场、排球场、运动场，为广大学子提供了强身健体的锻炼场所……前进中的周恩来红军小学教育集团积极推进“1234”强校策略，秉承让学校“成为美好事物的圆心”的核心办学理念，围绕“弘扬红军精神，传承恩来风范”两翼齐飞举措，弘扬“红色传承、绿色成长、金色童年”三色文化，实施“四轮驱动”——“建美观校园、育美德学生、做美丽教师、铸美妙课堂”，已成为全国百所红军小学对外展示素质教育的窗口。

“发扬江北慈幼院精神，办好新时代教育。”这是著名作家袁鹰听说祖父田鲁渔当年任主事，由谈丹崖创建的江北慈幼院已经演变、发展成楚州实验小学教育集团时的题词。拳拳深情、殷殷嘱托已经化作楚州实验小学教育集团传承谈丹崖精神的动力。“一瞑未竟平生志，百代长留济世心。”当年的江北慈幼院，如今的楚州实验小学教育集团，犹如一卷永远也书写不尽的山水诗篇，厚载着历史的积淀，高扬新时代的精神，在托起明天太阳的路上不断谱写更加壮美的篇章。

周作民最难忘的事

江北慈幼院校董周作民被誉为民国金融界的奇才。1884年2月12日他出生于江苏淮安一个书香门第之家，父亲周佩香是个举人，以开馆授学为生。周作民自幼随父读书，15岁时转入谈丹崖父亲谈静山创办的谈氏东文学堂（相当于留日预备学校）读书，师从著名学者罗振玉，打下了深厚的国学基础，后得罗振玉之力，1906年以广州官费名额留学日本京都第三高等学校(京都帝国大学前身)，两年半后，广东官费因故停发，他只得辍学回国。1908年秋，周作民在南京法政学堂任翻译，并在业余时间自学财经。辛亥革命后，周作民担任南京临时政府财政部库藏司科长，走上仕途。1912年随临时政府北迁，在财政部继续供职。1913年任库藏司司长。1915年周作民离开财政部，任交通银行总行稽核科科长，后又兼任国库课主任，从此开始了他的银行生涯。1917年，周作民创办金城银行并任总经理。仅仅经过3年时间，在华北，金城银行就获得了与中国、交通、盐业三银行并列的地位。

说起周作民与周恩来的会面，还得追溯到1937年，抗日战争全面爆发后，国民党政府将首都西迁，重庆成为国民政府陪都。为了适应形势变化，金城银行亦在重庆设立总经理处，把工作重心移到大后方。在重庆期间，周作民接触了一些进步人士，并曾和周恩来晤谈。会面由周恩来在南开读书时的好友康乃如安排，极为秘密，双方均未带随员，只是说“叙叙乡谊”。周作民有个胞弟周作屏住在家乡淮城内，其生活费用一直由周作民供给，当时淮安因币制不同又汇兑不通，便想请周恩来转些钱过去，说着掏出些现钞来，周恩来一口应承，打趣道：“共产党再穷还养得起令弟一家，我通知当地人民政府照办就是了！”这件事令周作民十分感动，铭记在心。

投桃报李。1949年初，周作民滞留香港，与共产党人廖承志、章汉夫、乔冠华、潘汉年等均有联系和接触。当时中华人民共和国成立在即，政协会议在积极筹备，当时滞留香港的一批民主人士李济深、沈钧儒、郭沫若、黄炎培等响应中国共产党的号召准备前往北平参加会议。为此，潘汉年商请周作民协助这些人北上。周作民表示可由金城银行出资，在香港承租一艘轮船开往天津。为了具体落实，周作民安排原上海金城银行国外部经理杨培昌与潘汉年密商，作了周密部署，金城银行花了50万港币，租了一艘“华中”号轮船，悬挂外国商船旗号，将这批民主人士安全送到天津，顺利参加了筹备政协会议工作。周作民说：“四五十万元港币，一点小意思，权当奉献给共产党和新中国的见面礼吧！”

上海解放后不久，浦心雅（曾任交通银行协理）受黄炎培委托去香港，动员周作民回内地，章士钊等受周恩来委托去香港动员工商界知名人士参加新中国建设，他们都转达了周恩来的期望和党对民族资产阶级的政策。1951年6月，周作民在周恩来的感召下，经中国人民银行行长南汉宸的安排，由香港直飞北京。周作民一下飞机，即由乔冠华和金城银行总经理徐国懋陪同，立即驱车中南海会见周恩来总理。

周恩来紧紧握住周作民的手说：“记得上次见面在重庆，一转眼六年了，现在与那时情况大不同了。我曾说过，同乡、同姓颇难得，论年龄和成就您都是我的老前辈。只是，您和我都少小离家，老大未回，真想念古淮城啊！”周作民忙说：“总理才智胜作民百倍，‘老前辈’更是愧不敢当，国家承平了，淮安也会慢慢好起来的。”这次会见，周总理盛赞了金城银行对发展民族工业的历史贡献，欢迎周作民作为老辈银行家中第一个回到祖国怀抱，并恳切地说：“新中国百废待兴，新民主主义的阶段是很长的，像周先生这样的理财专家是有用武之地的。”

回到下榻的金城银行北京分行招待所，周作民心潮澎湃，他没想到，一到北京，立即得到周总理的接见和礼遇，回想自己大半生为了金城银行的生存和发展，在政治的风风雨雨中搏击，有多少辛酸和苦涩。周总理一句“现在与那时情况大不同了”，使他回内地前的疑虑、彷徨一扫而尽，不由得回忆起1946年在重庆与周恩来的那次会见。

周作民是中华人民共和国成立后私营金融业领军人物中第一个回内地的，他回内地后，受到党和政府的重视和照顾，列席中国人民政治协商会议第一届全国委员会第三次会议，并担任政协全国委员会委员。1951年9月，金城、盐业、中南、大陆、联合五银行实行公私合营，他任联合董事会董事长。1952年12月，全国60家合营银行和私营银行成立统一的公私合营银行时，他担任联合董事会副董事长。在我国对私营金融业的社会主义改造整个过程中，周作民都积极响应党的号召，接受改造。与此同时，周作民又将他的资产美金证券25万美元、金城银行股票约值人民币100万元，连同个人收藏图书5300册，名人字画、碑帖、工艺品等珍贵文物1045件，全部捐献给国家。他的爱国热忱和爱国行动，得到了国家文化部的褒奖。

在晚年，周作民与他的助手、好友徐国懋谈了他与周恩来会见的情况，说是他生平“最难忘的事”。1955年3月8日，周作民因心脏病猝发，在上海逝世，终年71岁。在他的追悼会上，周恩来总理和中共中央统战部都送了花圈。

如今，周作民已经离世66年，周恩来总理也已逝世45年。他们的两次会见不仅在金城职员中传开，也在家乡父老中传为佳话。

闲言春秋

教育人生因思考而美丽

曾读过女作家陈学昭写的一篇小说《工作着是美丽的》，这篇小说的名字比内容更加深刻地铭记在我的脑海中，从事教育二十多年的我一直在追求着这样的工作状态。

帕斯卡尔曾说，人不过是一株会思考的芦苇。我们的工作因为思考而美丽，我思故我在，我在故我思。二十多年来，正是这样，我怀揣一份对教育的责任之心，一份对教育的执着之心，在实践中探索，在工作中反思。《教海扬帆》《我的生活语文》《感动未来》《杏坛放歌》《我们的课堂在长征路上》等二十多本专著正是努力的见证，智慧的结晶。每每拿起书稿，我仿佛看到自己这些年来在教育教学研究的道路上坚定前行的身影，仿佛感受到了自己不懈追求的精神和甘于寂寞的心境。陶行知曾言："你若把你的生命放在学生的生命里，把你和你的学生的生命放在大众的生命里，这才是尽了教师的天职。"读自己的书，在一篇篇、一页页、一句句书稿中，我寻找自己年轻的、学生活泼的、大众鲜活的生命。不论是管理篇、课题篇，还是文学篇、教学篇……我试图与时代同行、与教育同行，与学生同行。我理想的状态是用心灵感动心灵，用生命点燃生命，用智慧开启智慧，用人格塑造人格。

当前，随着新课改的不断推进，教师专业化成长日益摆上了重要议事日程。作为教育工作者的我不能故步自封，不能画地为牢，不能自以为是，必须学会学习，学会思考，学会研究。让智慧在教育教学实践中生成，让自己在教育科研中成长。教育教学的研究不是“空中楼阁”，不是“昙花一现”，也不是“闭门造车”，而应该是富有“生命价值”的、“耕耘+创新”的、“返璞归真”的科学研究。因此，我必须勤钻研、能实践、善思考、多总结，这样，才能成长为科研素质高、理论水平深、业务能力强的新型教育工作者。从这个意义上说，生活需要用心体会，教育需要用心感悟。教育的魅力，就在于引导我们不断思索，激励我们不断追求，每一次理论的学习与运用，每一段实践的反思与总结，每一个观点的形成与成熟，都让我们体会到思考带来的痛苦与迷惘、收获和快乐！

“一沙见世界，一花窥天堂。”在平凡的日子里，我愿意关注每一个教育细节，思考着，痛并快乐着。教育人生正是这样：因为思考而忙碌，因为忙碌而充实，因为充实而轻松，因为轻松而美丽。

有一个光荣的名字让我们很温暖

这个春天，有一个伟大的名字，发出穿越时空的回响，让我们倍感温暖，倍觉自豪；这个春天，有一种不朽的精神，释放澎湃久远的能量，让我们坚定信仰，充满力量。这个春天，只要提起这个名字、这种精神，人们总会陷入浓浓的思念、深深的缅怀，仿佛时光并未远去，伟人仍在身旁。这个伟大的名字，就是周恩来；这种不朽的精神，就是周恩来精神。

是啊！他出生在春天里，他是春天的一只鹏鸟，在春天里翱翔。他成长在春天里，奉天的新芽爆出的喧响，让中国站成一棵参天大树。他的一生都是春天，运河边的腊梅在春天里怒放，西花厅的海棠在春天里昂扬。

又是一个春天，桃花垠畔，杨柳依依；江淮阡陌，梅花烂漫。燕子声声里，我在驸马巷的老井边思念他，我在读书处的腊梅旁思念他，我在纪念馆的铜像下思念他……思念中，耳边传来2009年春天里，习近平同志来淮安时深情嘱托：“像周总理这样的一代楷模，真是我们现在人尤其是党政干部学习的榜样，特别要学习他做人的风范，首先是做人，其次是做一个模范共产党员，再就是做一个革命家。”思念中，耳边传来2013年3月8日，习近平总书记在全国“两会”期间接见江苏代表团时指出，“淮安人杰地灵，把周总理家乡建设好，很有象征意义”。2018年，在纪念周恩来同志诞辰120周年座谈会上，习总书记说："周恩来，这是一个光荣的名字、不朽的名字。每当我们提起这个名字就感到很温暖、很自豪。周恩来同志在为中国人民谋幸福、为中华民族谋复兴、为人类进步事业而奋斗的光辉一生中建立的卓著功勋、展现的崇高风范，深深铭刻在中国各族人民心中，也深深铭刻在全世界追求和平与正义的人们心中。"

殷殷嘱托犹在耳，深深思念促前行！作为周恩来总理的后辈，作为他的小老乡，作为他故乡教育战线上的一名青年，我要牢记嘱托，沿着周恩来总理的足迹前进。因为学校是深植理想、激扬青春的地方，园丁，这光荣的称号，展现的不仅是年轻跳动的心灵，也是坚毅执着的眼神，更是深埋内心的理想种子。我们是被家庭、被社会、被祖国、被党寄予厚望的一代人，"两个一百年"的奋斗目标，我们千千万万青年将全程参与。投我以桃，报之以李，在有温度的新时代，我们应该做一个有温度的青年。

有温度就是像周总理那样坚定信仰立长志。成就一番事业，立志都自年少时。少年周恩来奉天求学，"为中华之崛起而读书"。领袖人物在物质匮乏、政治动荡的年代，尚且依靠乐观而坚韧的精神突破万难、建功立业，我们生活在物质丰富、社会稳定、机遇倍增的新时代，有什么理由不放飞青春理想？

有温度就是像周总理那样鞠躬尽瘁勇担当。我们青年一代拥有的物质，接触的资讯，受到的教育，远远超过了我们的前辈。这是成才的必备基础，但也容易使得青年在和大众的差别中，滋生一种虚妄的优越感。青年人的温度，就是中国这片大地的温度，青年人要珍惜时代赋予的机会，担当历史重任，努力干一番事业。

有温度就是像周总理那样不忘初心跟党走。党教育我们学习，挂念我们成长，指引我们方向，鼓励我们奋斗，保障我们生活——在父母一般的关心、爱护、叮咛中，青年一代收拾行囊，整装待发。选择党是一生一次，跟党走是一生一世。跟有温度的党，做有温度的人，要让党放心地把历史的接力棒交到青年一代手上，让血液流淌的红色温度代代相传！

斯人已去，精神永存。走在新时代的春天里，我们从周总理身上汲取强大的精神力量，照亮我们前行的路。走在新时代的春天里，我们牢记习总书记的嘱托，以建好周总理家乡为己任，奋力谱写新时代精彩篇章！

我期待着，当满头白发之际，回望自己这一生，能够自豪地说，我的整个生命和全部精力，都已经深深地植根到周恩来家乡教育事业的每一项工作实践中，这是我的初心！这是我的希冀和理想！这是我的承诺和信念！

青春不负党旗

对于历史长河而言，一百年，恰如弹指一挥间。一百年，是一棵稚嫩的幼苗，成长为参天大树的时间；一百年，是伟大的中国共产党从南湖一叶起航，完成辉煌蜕变的时间；一百年，我们由当年十几颗小小的火种，到一百年后，燃烧成九千万灿烂的星群！

听党话，跟党走，如今，我是九千万灿烂星群里的一颗星！

听党话，跟党走，百年奋进，百年芳华，百年正青春！

百年正青春！我们献芳华！

青春时代的到来，让芳华的我们倍感责任重大。在这个百年再出发的时代节点上，青春不负党旗，初心奉献芳华理应成为我们每一个青年人应有的历史自觉，应有的忠诚，应有的光荣与梦想。

我出生在一片红色的土地上，横沟暴动的历史浸染了我的童年；我生活在一个伟人的故乡，“为中华之崛起而读书”的誓言引领了我少年的理想；我工作在一个英雄气息浓郁的校园，民族英雄关天培的爱国精神植根我的血脉，时时伴我成长。我为擎起的镰刀和铁锤的旗帜而生，左手知识，右手道德，一腔热血，行走在百年正青春的征途上。

也许是年少的无知，也许是青春的鲁莽。1992 年，刚入职不久。一天，一名女生早读课迟到了，我生气地说：“怎么回事儿，一节课一共 40 分钟，你居然迟到了 20 分钟，后面站着去！”只见她欲言又止，然后，低着头、红着脸，默默地走到了教室的最后一排。

中午批改作业，我发现她在作业本内夹着一封信。信中写道："老师，您好！我是李晓琴。原本我有一个幸福的家庭，可自从父母离异后，幸福就远离了我，妈妈走了，奶奶病了，爸爸常年不归，今天，我给奶奶熬药，所以早读迟到了，敬请批评和谅解。"读着读着，我鼻头一酸，十分懊悔：一个多么懂事的孩子，我怎么不分青红皂白就让她罚站呢？

那一刻，我忽地明白冰心先生说的那句话："爱在左，责任在右，走在生命之路的两旁，随时播种，随时开花。"于是，我给她回了一封信，我写到，晓琴同学，你是好样的，老师为你的孝心和顽强点赞，今后有什么困难尽管跟我说，我是你的知心朋友和坚强的后盾。此后，我才真正明白，青春不负党旗，初心奉献芳华，对我而言，就是为党育人、为国育才，将我全部的爱献给孩子们。从此，我和学生们课内是师生，课外是朋友。学习上遇到难题，我帮助他们辅导；经济上拮据，我帮助他们解决；情感上困惑，我帮助他们沟通。我想：我的故事，哪怕再平凡，也是青春时代的故事。我的力量，哪怕再微小，也是推动青春时代进步的力量。

关山初度尘未洗，策马扬鞭再奋蹄。我常想：青春时代，也许"面朝大海，春暖花开"是哲人的"诗和远方"，"天下兴亡，匹夫有责"是仁人志士的"诗和远方"，"青春不负党旗，初心奉献芳华"一定是我的"诗和远方"！一百年的情愫无比激昂。我要在鲜红的党旗下，听党话，跟党走，一路向前，永不停歇！党旗迎风飘扬，跳动在党旗上的是我火红的信仰，这信仰使我们的意志坚强如钢，它激励着我们在百年正青春的时代不断演奏青春的精彩乐章。

文明，城市最美的风景

有人说，文明是三月的春风，温暖人的心田；有人说，文明是小溪的流水，滋润人的心扉。我说，文明，是一座城市的象征，是一座城市的底蕴，是一座城市最美的风景。

前两天，我经过东长街成成花店的门口时，看到一位环卫工大姐，正对着花店老板娘喊：有垃圾吗？快拿出来！店门口探出老板娘的身影："没有哦，谢谢你啊！""没事哦，有就拿过来！"环卫工大姐一边说着话，一边推着她的不锈钢铁皮车向前走去。看着眼前这和谐的一幕，我不由想起两年前的另一幕场景：那是一个傍晚，也是东长街，我看到一位清洁工正在吃力地将扫好的垃圾进行归拢，这时，传来"啪"的一声响，原来是一位女店主将垃圾袋扔到了路边，而她距垃圾桶只有两步路的距离。清洁工大姐看到身后刚扫完的地面被人扔了垃圾，而且袋口没扎好，散出来很多，忍不住抱怨了几句，不料女店主振振有词：我们交了保洁费，你们就该扫！当时，清洁工大姐气得眼泪都快流下来了，没办法，只好忍气吞声默默地扫了起来。

可见，文明需要携手，文明意识需要培养，文明城市需要创建。文明城市需要我们每一个人从自己做起，从现在做起，从点滴小事做起。

可喜的是，经过努力，创建文明城市正在成为全体市民的自觉行动。我们都在努力，都在文明的路上前行，都在用文明的行为使自己无愧于头顶这片蓝天的信赖，都在传递播撒城市创建文明的种子，使自己无愧于脚下这片土地的支撑！

作为一名老师，我也积极参与了创建文明城市。开班会，号召创建文明城市。搞活动，带领孩子们一起走上街头创建文明城市。我们清理了校门口一侧的阴沟，我们擦洗了街上污浊的垃圾桶，清除了街角路口的小广告。虽然十分劳累，也弄脏了衣服，但我们骄傲。创建文明城市路上，文明不再是纯粹的理念，文明是我们一起描绘城市的最美的风景。

勿以善小而不为。在家里，我还把文明的种子传播给刚上学的女儿。我教育她要做到三弯腰：见了老师弯弯腰，见了同学弯弯腰，见了垃圾弯弯腰。曾记得，她小的时候，我去幼儿园接她，看到她和小伙伴正在校园内自发地捡拾垃圾，胖乎乎的小手已攥紧一把纸屑，那认真的劲头让我心头一热，孩子们也在为创建文明城市做贡献呢！

不积跬步无以至千里，不积小流无以成江河。创建文明城市路上，个人的力量也许是微不足道的，但聚沙一定成塔，集腋一定成裘。如果把淮安比作是一只展翅待飞的天鹅，那么我们都做天鹅翅膀上一片小小的羽毛吧，我们一定要为天鹅的振翅高飞增添一分力量。如果淮安是一条出水的蛟龙，我们都做蛟龙身上的一片鳞光吧，我们一定要为腾飞的蛟龙增添灿烂的光芒。因为，文明淮安才是最美的淮安！所以，创建文明城市路上，新时代的淮安人应该展示淮安样本！书写新的篇章！

雷锋，我们永远的榜样

自1963年毛泽东等老一辈无产阶级革命家为雷锋同志题词以来，雷锋的名字便响彻神州大地。

曾几何时，有些人在社会主义市场经济下，“一切向钱看”“理想是虚的，金钱是实的，权力是铁的”。他们思想失衡，行为失范，甚至于道德沦丧。雷锋的精神在他们身上“退居二线了”，有人甚而说出“雷锋精神过时了”的话。难怪乎，数年前，当中国的“雷锋”漂洋过海到美国西点军校安家落户时，国人惊呼：“雷锋出国了。”针对社会上做表面文章式地学雷锋活动，人们一针见血地批评，“三月雷锋四月走”“雷锋原本没户口”。这些话中，是人们无奈地慨叹？还是寄托了希冀？寄托了若干深情的呼唤？

雷锋精神，是他用生命表现出的全心全意为人民服务，毫不利己、专门利人的共产主义精神。今天，我们正处在深化改革的关键时期，弘扬这种精神，并不断给它注入新的内容和时代的主题显得多么重要和必要。“雷锋，我们永远的榜样”“雷锋精神，永恒的丰碑”，人们不仅深深地呼唤雷锋，而且也在用自觉的行动构筑一道道时代的风景线，“讲文明，树新风”、创建文明城市、创建文明行业、创建文明村镇以及青年志愿者行动、送温暖、巾帼建功等群众性精神文明创建活动正展示着雷锋精神持久而旺盛的生命力。从朱伯儒到徐虎，从徐州下水道四班到常年学雷锋，持之以恒做奉献，被中央有关部门表彰和宣传的连云港市新浦汽车站长途服务组的“雷锋车”……无不集中展示了雷锋的风采。人们啊！让我们立足岗位，奉献社会，以扎实有效的工作弘扬雷锋精神，把雷锋精神带进新时代，带向未来吧！

“雷锋，我们永远的榜样！”

勿忘务实

从事团队工作已多年，发现团内不乏思想敏锐，又踏实肯干者，但同时亦感觉到，一股浮躁情绪在部分团队干部身上若隐若现，应该引起注意并加以引导。

社会的发展，改革开放的深入，带来团工作的新课题、新困难，以及解决这些问题的困难程度带来的困惑，是浮躁情绪产生的外在因素。理论根基不深，实践经验不足以及对事物期望值过高，是团队干部产生浮躁情绪的内在原因。

团淮安市委多次发文，要求广大团队干部克服工作上的浮躁情绪。团市委领导、机关团干带头到基层支部参加活动，务本求实，给全市团干做出了榜样，使他们不再对所有的工作都只是泛泛而谈，发牢骚，谈困难，说怪话，或是提不出建设性意见，谈不出解决问题的设想、措施和规划。

诚然，近年来，青年人的视野开阔了，兴趣爱好广泛了，对思想政治工作和业余文化娱乐活动的要求亦随之提高，这些客观情况的变化对团的工作提出了更高的要求，给团工作带来了困难。这要求团干们更要集思广益，务实工作，才能做出成绩。

工作上的困难，不是悲观失望或急于求成的浮躁就能消灭的。只有客观、冷静地分析，积极认真地想办法，才能使团工作在原有基础上发展、提高，从这点出发，沉下心来，依靠广大团员青年，努力到实践中学习，到基层学习，从眼前和点滴开始做起，我们就会少一分好高骛远，多几分脚踏实地，少一点浮躁，多一些深沉。

团干部年轻，工作有热情，这是我们的优势，但千万不能因为热情而浮躁、轻率。我们的热情应该是刻苦细致的工作作风，饱满、高涨的工作精神，对事业目标的矢志不移的追求，脚踏实地、艰苦执着的奋斗。

愿各级团队干部勿忘务实。

我骄傲，我与红小携手前行

在开国总理周恩来的故乡，有一支由1000余名教职工、13 000余名学生组成的“梦之队”，这支“梦之队”就是周恩来红军小学教育集团。这五年，我伴随着她成长而成长，见证着她壮大而荣光。

2013年，组织决定调我到周恩来红军小学任校长助理。其时，依托楚州实验小学新创办的周恩来红军小学正面对老百姓的一浪高过一浪的质疑声：新学校的兴起必然要“稀释”老学校的资源，新学校的质量一定比不上老学校，等等。面对这些不同的声音，我和我的同事们在集团总校长的带领下把压力转化成了不断探索的动力。通过开展“做美丽教师，在生态发展中享受美好；育美德少年，在润物无声中成就美好；建美观校园，在文化浸染中感悟美好；铸美妙课堂，在杏坛传道中体验美好”“四轮驱动”，开展美好教育研究，让学校成为美好事物的圆心。

短短一年，周恩来红军小学便交出了一份出色的成绩单，由备受家长质疑到招生爆满。学区内的学生再也不外流了，要求插班转学的学生成倍增加。学校加速发展，无论是在语数外等基础学科教育上，还是在素质教育等其他方面都实现了发展。原国家教委副主任柳斌为周恩来红军小学欣然写下了“高举素质教育旗帜，办好一流红军小学”的题词。

2014年8月，为了进一步扩大周恩来红军小学办学的效益，又新建了周恩来红军小学东校区。我被调到东校区任主持工作的校长。其时，建筑工程尚未完工，新校园里道路泥泞坎坷，东校区因拆并了城东中心小学、孙徐等村小，学生分三地办学。为了办好这所学校，我和东校区全体老师可谓殚精竭虑，费尽了心血。通过“四千”精神——千方百计、千言万语、千辛万苦、千锤百炼迅速让东校区改变了模样。为了创建特色学校，我把开展校园足球活动作为学校推进素质教育的突破口。学校创办了两个女子足球特色班，实现了班班组建足球队，天天演练足球操，月月举行足球联赛，年年举行校园足球文化艺术节，不间断地参加全国、省、市各类小学生足球比赛。为庆祝建党95周年，长征胜利80周年，在全国红军小学建设工程理事会倡议和关心指导下，2016年6月30日，由周恩来红军小学东校区发起的“足球红军娃重走长征路”隆重出征。全国红军小学建设工程理事会副理事长、教育部体卫艺司司长王登峰出席仪式并作壮行讲话，为足球红军娃授重走长征路寻访团旗。同年，在师生们的共同努力下，周恩来红军小学东校区成为淮安区唯一一家被教育部表彰的“全国足球特色学校”。

2016年，为扩大周恩来红军小学西校区效应，组织上调我到西校区主持工作。我立足西校区实际，从小处着眼，从细微处着手，行“微”重“实”，以微课堂、微教研、微课题、微活动等方式引领师生成长，让学校熠熠生辉，大放异彩。

2017年，集团成立办公室，根据需要，我任集团副总校长，兼办公室主任。我积极配合集团总校长工作，做好集团顶层设计，根据红军小学独具特色的办学形式和学生成长的规律，提炼学校内涵发展的文化精髓，建构了红色传承——六大建设引领方向，绿色成长——四个着力促进发展，金色童年——两大课程享受快乐的“三色”文化体系。在省教育厅2017教学成果评审中，我们集团的此项成果光荣获奖。

五年风雨路，步步闪光华。虽然我的岗位几经调整，但我始终不忘初心，砥砺前行。看到集团学校十多年蝉联江苏省文明单位称号，晋升为江苏省实验小学；看到集团各校现代化的教学楼，红小可承担国家级比赛的体育馆、800座的红军娃剧场、3000多平方米的书画自由创作展示区；看到集团班班装上了四位一体机、微粒子环保书写板，率先告别粉笔时代；看到全区唯一的教育网络中心、直播课堂落户红小，还有以恩来园为核心的校园八大主题园让人们赞不绝口，我感到无比自豪。五年来，集团壮大的过程，也是我成长的过程，我在集团的事业中播洒汗水、辛勤奋斗、收获成功，我骄傲！

诗意真情

我从中切实地感受到一种用诗力提升生命的意志与努力。在这个熙熙攘攘的时代中，这无论如何都是值得称道的……

——著名诗学专家、教授、文学博士刘士林

愿教育工作者都能富有一颗爱美的童心，用心血和汗水写就自己独特的教育诗……

——著名教育改革家、特级教师魏书生

文学贵在说真话，真话贵在掏心窝。教育诗，倾听孩子谈话，并和孩子谈话。孩子的声音，是天籁。友开与天籁同在……

——当代著名诗人、国家一级作家赵恺

这些激情澎湃、铿锵有力的诗一般的话语出自刘友开先生《我的教育诗》诗集的序言之中。这几位专家、学者、诗人对该书及该书作者如此饱含激情的评价和褒奖，已将我带入了一个全新的诗意境界。

独自回味《我的教育诗》，我禁不住重新审视经常微笑着、朴实如农家大爷般的师长刘友开先生。友开先生不是专业诗人，但具有诗人味。他将教育的理念融入了诗性的语言之中，将追求理想的热情弥散在美的韵律之中，将内在的哲学思辨流泻于动人的呼唤之中，刘友开先生正是在这种“要做个带有诗人味的教师”的精神状态中，勾画出了自己独特的“教育诗”。

诗集的上半部分主要有《教育改革大师周恩来颂》《万世师表陶行知颂》《教育革新家汪达之颂》《一群小好汉"新安童旅"颂》以及《(当代的)名师礼赞》等栏目和相关诗篇,这部分属于他研究名家的范畴。朗朗上口的语言,对众家之长择善而用的气魄和商讨的氛围,使原本的巨人、名人走下了往日里可望而不可即的神圣殿堂,来到了我们这些芸芸众生中间,实现了和我们零距离的对话,打开了我们向往的心扉,并开辟出了清晰、平易、别致的独特诗意风格。我想,这也是这些诗歌在结集出版之前就赢得广大读者好评的一个重要原因。

诗集的下半部分中,《课例评说》《讲座抒怀》《教师风采》《习作要决》《专题感赋》《活动剪影》等栏目中的诗篇都是友开先生听课、听讲座、参加活动时的即席吟诵、演讲之作。虽为即席,却一样"论理抒情,在朗朗清韵中既指点出教学的精髓之处,激励教者,启发同行,又给人以美的诗情享受"。

再次品读《我的教育诗》,我才真正体悟到友开先生平时倡导的"古诗教学新说"(书中有附录《古诗教学新说》的专论文章)的真正内涵。他不仅倡导教师自己要"做一个带有诗人味的教师",而且也倡导教师要教学生学习写诗。此外还倡导学校努力营造读诗、写诗的诗性教学文化氛围,让"小小学生会写诗,泱泱'诗国'才会名副其实"。

刘士林教授说,有的人作诗是为了别人,有的人作诗是为了自己。友开先生作诗是为了谁?读他的诗,我既感觉到他时时处处都在记录与表现着自己生命的律动,又感觉到他似大师陶行知、汪达之那样"以我手、写我心",用真话在讴歌别人,用真理在引领别人,用真情在陶冶别人,可谓是"捧着一颗心来,不带半根草去"。

我每每想,这些年来,友开先生潜心研究周恩来、陶行知、汪达之和新安旅行团,研究教育教学,研究教育诗,历经二十余年,还为编辑出版卷帙浩繁的巨著《汪达之教育文集》而"消得人憔悴"。其间，尽管还几度坎坷，但他却孜孜不倦，并终成“正果”。他靠的是什么？唯有一个“求真”方能约略道出他的理想与追求。

陶先生说：“千教万教教人求真，千学万学学做真人。”友开先生虽年近半百，却拥有率真的个性，动真情、说真话、做真人。作为他的近邻同事、朋友和徒弟——我“近水楼台先得月，向阳花木易为春”，其受益更是良多。我工作十多年来，作为后生，有幸与友开先生长期共事，并尊他为师，此刻读着他的诗集，则更觉得别有一番滋味在心头。

我相信，友开先生《我的教育诗》的问世，必将为更多的读者带来丰富而充实的精神食粮，必将让更多的教育工作者喜欢上这个带有诗人味的教师，同时，也必将有更多的教师在《我的教育诗》这片原创性地诗意教育沃土中汲取到精神营养，并品味到友开先生情系教育、勇于创新和独树一帜的浓浓诗意真情。当然，我也更期待着在友开先生精神的感召下，教育的百花园中会有更多的“带有诗人味”的园丁辈出，并用他们各自的智慧、心血和汗水浇灌出万紫千红的教育诗花。

广告词的忧思

闲日，与友谈及广告词，谓广告词设计者用心怎么良苦，广告词门类怎么齐全，荧屏、报刊怎么卖力宣传，人们对广告词怎么腻烦。谈时，议论风生；谈后，长吁短叹，忧思溢于言表。试列广告词几则，不知诸君有无同感。

——“国际国内首创。”首创就见得好么？首创的东西质量稳定吗？经过消费者检验了吗？你说首创，是叫我去给你当试验品的吧！谁发给我试验费？

——“根据有关部门的规定，在广大中学生中推广使用××，希各单位速来人来函购买。”哪一个部门的规定，为什么不写清楚？有关部门规定了，就一定要购买吗？这是不是硬性摊派？对摊派的产品谁保证质量？

——“独家生产。”独家生产，没有人同你竞争，你生产的产品价格、质量没有参照系，绝对不怕“货比货”。没有人同你唱对台戏，你就放心地高谈阔论吧！没有行家里手，你害怕什么？宰客更“大胆”些。

——“同类产品中的最低价。”请问，最高价是多少？中等价是多少？怎么不写出来。都说自己价最低，谁的价最高？云山雾海，几人当真？

——“不吃不知道，一吃忘不了。”好吃的当然忘不了，但吃了倒胃、拉肚子不更令人忘不了吗？

…………

凡此种种，或曰片面性，或曰钻牛角尖，这且不论，但广告词的负面效应所引起的人们的逆反心态却不得不令人担忧。诸位自然明白，事物的发展并非一个正方向。广告词若不全面、客观的传递服务性信息，一味夸张、悬念、幽默，不以真实、诚实为前提，失掉了的恐怕比得到了的更多。不知诸君有无此忧？

后　记

每个人都是自己命运的主人。别说撞上机遇，好运连连，即使生不逢时，怀才不遇，也不要自怨自艾、毫无作为，而应该积极进取、大展宏图。这是我一直以来的观点，也是我为什么给这本散文集定名为《给生命一个开花的理由》的主要原因。

在新疆荒凉贫瘠的戈壁滩上，我曾见到狰狞的沙石间，那一丛丛、一簇簇露着顽强的骆驼刺，看到骆驼刺在这么恶劣的环境下，竟然也开花！开着细小到几乎看不出的花来用尽全力灿烂着自己的生命，来幸福着别人的春天。我感叹，生命是伟大的，无论是自然界，还是我们人类，只要有生命存在的地方，就有希望在燃烧。进而想，不管处在什么样的环境，不管面对多么大的困难，我们都不要忘了，给生命一个开花的理由。

给生命一个开花的理由。最重要的是保持从容心态，展现奋斗姿态，激活实干状态。这当然不仅仅是指向我，也指向我作品中的人，乃至于作品中的事、物、景等，尤其是指向能读到这本书的每一位读者，进而通过他们指向到生活在现实世界里的每一个人。

我认为，一个写作者与大夫相比，野心应该更大些。写作的目的不单单是给人、给社会治病疗伤，更应该给人、给社会温暖、力量、希望。握起笔时，生活不只是一只极其普通的纸盒子，打开后，也不只是只会找到一些二氧化碳、硫黄之类的东西。真正的写作者应该是一团火，一团满怀火种的火，能敏锐准确找到那根藏于一角的捻子，从而一下把它点燃了。只有这时，你才会发现，生活并非一个普通纸盒，而是一个大大礼炮，它正向外打出一个个不同造型的礼花，形成繁星满天的盛景。

基于此，这本书里，《赏得残荷志坚强》中，我表面上是“留得残荷听雨声”，其实是在秋冬季节，看着一角残荷貌似萧条的背后，想着有一缕若有若无的暗香在浮动，仿佛看见了一种生命的悲壮与凄美；《老三》中，车祸后，郁郁寡欢的老三抖空竹，抖去了病痛与抑郁，抖出了独乐不如众乐；《有一缕阳光叫灿烂》中，高风晓日，其丽灼灼的赵丽丽向阳而生，呈现着美丽、呈现着温暖、呈现着大爱。《燕子的淘宝小屋》中，明眸皓齿的燕子与大家在淘宝小屋美美地相聚，与大家在淘宝小屋美美地分享时光，分享幸福；《天使小靖》中，一脸自豪的小靖甜甜的笑脸洋溢着天使般的善良与爱意，温暖着你我他，温暖着这个平凡的世界。《俺的兄弟叫老王》中，光头亮亮的，鹰眼亮亮的，整个面部亮亮的老王其质其容自华，给人以光明，给人以希望；《理发的小蒋》中，在特殊的春天里，小蒋理了一次平生我等待时间最长的发。理完发，一种清清爽爽的精气神扑面而来。小蒋一如既往给予了我们需要的，也许是平常很多人并未意识到的需要。但这个需要留给我的记忆一定是长久的；《海南听海》中，我痴痴地望着，感受着海南的海深沉、静美、瑰丽、博大、富饶、粗犷、苍凉，愿采天地灵思捻于笔尖，疾笔狂书海之恋曲一万年；《弱水河畔有片胡杨林》中，我站在胡杨林前，心灵接受庄严与神圣的锻打，我忽然悟彻生命的壮丽与永恒其实是无声的——无声无息地成长，无声无息地壮大，无声无息地辉煌……

不需要枚举太多，亲历、亲见、亲闻……我倾情倾力雕刻生活，努力想在散文集《给生命一个开花的理由》中做到大事不虚、小事不拘。所谓大事不虚，指的是人、事、物、景等写作对象不虚构。所谓小事不拘，是指在具体人、事、物、景上，做些文学上的取舍，做些虚实详略上的切割，或在自己的生活、工作、学习上，发表自己的感受与感悟，加入自己的理解、思考和价值判断，使其元素更丰富，情感更饱满。目的是从写作者所生活的地域出发，眼睛向外，为读者开启一扇文学的回顾与瞭望之窗。为此，笔下除了在不断地塑造人物外，努力用文学的表达方式，从历史的、艺术的、个人的、美学的角度，让风土人情活起来，让一个个人物丰满起来，让一件件事情生动起来，辽阔的、细腻的、鲜活的将历史钩沉，将灵魂再现，丰盈你我的回忆，温暖人们的精神世界。

要做到这样，谈何容易。且不说，个人才疏学浅。就本质而言，写文章是件容易的事么？但想到，给生命一个开花的理由，心头便荡漾起了激情。写作本书时，苦中有乐，苦中作乐成了独有的情趣，独特的体验，独自的责任。在一份清澈的长远与宁静中，写作成了一种习惯。在写作时敲击的键盘上，我似乎听到自我生命强劲拔节的声音，这声音让我的幸福感油然而生。因为生命的花开了，世界变得更美好。

在本书创作出版过程中，淮安区委宣传部、淮安区教体局、淮安区文联、淮安区作协、淮安市楚州实验小学教育集团及所属各校区的领导、同事、文友们给予了我倾情关心与大力支持，在此，不一一署名，点点滴滴，铭记在心。特别感谢中国现当代著名作家、诗人、儿童文学家和散文家袁鹰先生的鼓励，他虽卧病在床，听说本书出版，不顾97岁的高龄，欣然为本书题写了“天道酬勤”，关心后辈其心可鉴；感谢国家档案局原局长、中央档案馆原馆长杨冬权先生为本书题签；感谢江苏省作协重大题材文学作品创作工程项目签约作家、中国作家协会会员、淮安市淮安区作家协会主席于兆文先生与淮阴师范学院中国语境教学研究与推广中心主任孔凡成先生作序；感谢中国作家协会会员、国家一级编剧、高级编辑聂延军先生在本书的出版过程中给予的大力支持与帮助；感谢中华诗词学会会员、淮安市淮安区诗词楹联协会副会长兼秘书长卢顺贞先生在百忙之中帮助校对书稿；感谢安徽师范大学出版社蒋璐编辑的精心编辑。在本书付梓之际，我谨向以上各位领导、作家、教授、编辑及许许多多默默关心我的朋友们、家人们致以崇高的敬意，表示最诚挚的感谢！

谨此后记。

戚高军

二〇二一年五月于古城淮安